D－魔王谷妖闘記

吸血鬼(バンパイア)ハンター42

菊地秀行

朝日文庫

本作は二〇二二年十二月〜二〇二三年十月、
「一冊の本」に掲載されたものに加筆しました。

目次

吸血鬼（バンパイア）ハンターDの世界

遙か未来の地球。人類は核戦争の末に衰退し、代わって〝貴族〟と呼ばれる吸血鬼たちが高度な科学文明を駆使し、全生命体の頂点に君臨していた。しかし吸血鬼の食糧と化した人類も反旗を翻してふたたび〝貴族狩り（ハント）〟を始め、荒廃した大地の上で、貴族VS.人間の争いは激しさを増していた。

吸血鬼と人間の間に生まれついた混血種（ダンピール）のDは、究極の吸血鬼ハンターである。様々な依頼主に雇われては貴族狩りを遂行するDの出自の謎とは？　この世界の隠された秘密と、そしてDの運命の行方は？今日もまたDの旅は続く――。

『D－魔王谷妖闘記』登場人物

D

長身痩軀。完璧な強さと美貌を兼ね備えた貴族ハンター。その左手は別の人格を持ち、嗄(しゃが)れ声で話をする。

Dと出会う人々

◆ゴーント兄弟／「宝捜し屋」の、ダナム　ラジュ、セイゲン、タギギの四兄弟。

ダナム／剣の使い手。右頰にかつてDに付けられた傷がある。

ラジュ／ライフルの使い手。体格が良い。

セイゲン／背中に二本の剣を交差させる。長身痩軀。

タギギ／通称〃ポンポン〃。背が低く丸っこい体型には、ある秘密が。

＊

ターケル卿／魔王谷を見下ろす頂きにそびえる城の主。

ガーシェン男爵／蛮行の数々でその名を知られる貴族。ターケル城に姿を現し……。

＊

カナン／魔王谷に向かった調査団で唯一生還した少年。危険が及ぶと顔に刺青が浮かぶ。

リジヤ／村でカナンに付き添う娘。

ブリギット／カナンを城へ導く女。白いドレスを身に纏う。

＊

ミレーユ／ターケル城下の村の娘。

レディ／？

＊

チョーダ・ドルセク／〃死人カード〃で運命を占う老婆。

イラスト／天野喜孝

第一章　黒い風が招いた

1

いつの頃からその谷が「魔王谷」と呼ばれはじめたのか、谷間の端にあるスチェキン村の古老さえ知らない。彼が子供の頃からそう呼ばれていたという。

ただし、理由はわかっている。谷を見下ろす峻嶮（しゅんけん）の頂きに、かつて壮麗な貴族の城がそびえ、数千年の間、この地方を治めていたが、ある日、忽然（こつぜん）と襲来した外宇宙生命体（アウター・スペース・ビーイング）（ＯＳＢ）の攻撃によって破壊されたのだ。

その城に貴族以外の何がいたか、知る者はいない。

知っていたらＯＳＢでさえ、攻撃を控えたに違いないと、端の村人たちは語る。

だが、城は破壊され、その破片は四方に飛び散って、下方の谷を埋め尽くした。スチェキン村でただ一本の川も失われた。

不思議なのは、いかなる物理的攻撃をも無効とするはずの生ける死者たち――貴族が領主から〝もどき〟に到るまで消滅していたことである。邪悪な城主と家来たちの消滅に、この地方の人々は快哉(かいさい)を叫んだ。ＯＳＢの侵入を知りながら、その祝いは半月も続いたという。

その後だ。

城の残骸と金目のものとを捜索に向かった人々は、数名だけを残して消滅した。息絶え絶えに村まで帰還したその数名も、遭遇した運命についてはひとことも話さず絶命した。

いや、話しはしたのだ。だが、村の人々が耳を傾けなかったのである。言い伝えによれば、生き残りの全員が凄(すさ)まじい姿に変わり、村外へ追放されるか、親兄弟の手によって虐殺されたという。

何が起きたのかはいまも霧の中である。治安官が要求した〈都〉からの軍隊と調査団は、これも谷間へ入ったその日のうちに失踪し、数カ月後にやって来た貴族の一団もこれまた行方知れずになった。

すでに〈辺境〉全体が貴族vs.ＯＳＢの死闘の場と化していたため、やがて谷間の怪異は忘れ去られた。

「魔王谷」の名が生まれたのはこの頃だとするのが定説だが、その遙(はる)か以前――城が出来る前からだと唱える人々も数多い。

不可思議なことだが、貴族自身も、人間たちも、彼らを「魔王」と称したことは史上ない。

わかっているのは、谷間に何かがいることだ。

いまも。

いま、四人の旅人たちが、旅籠（はたご）の柵にサイボーグ馬の手綱を巻きつけた。

晩秋の陽が落ちてすぐであった。

村へ入ったときから、尋常な人間でないことはわかっていた。

左腰に剣を吊るしたひとり目は、右の頬に二〇センチを超す傷痕が喉（のど）もとまで走っている。

骨と筋肉の塊みたいな二人目は、武器もそれにふさわしく、本来サイボーグ馬のケースに入れるライフルを膝の上に乗せて――これが、銃本体の上に平行に装着された箱型弾倉と、ライフルの銃身とその下の二連銃身の下に、これも二連の筒状弾倉（チューブ）がついているという化物みたいな代物であった。

長身痩軀の三人目は背中で二本の剣を交差させ、四人目は――奇妙なことに素手だ。手にも腰にも武器はない。戦闘ベルトさえ装着していないのだ。他の三人は残らず一八〇センチを超す長身だが、彼ひとり頭ひとつ低く、ほぼ安全球体に近い身体に合わせて、手足も短く太い。

武器は腰の戦闘ベルトに差し込んだ数本のナイフだ。

旅籠へ入ると、交差剣男が、足首までかかる茶のコートを翻しつつ、フロントへ行って、

「四人だ」

と告げた。

低く、凄味(すごみ)たっぷりだが、いい響きの声であった。禿頭(とくとう)の亭主は、フロント台に置いてある宿帳を示して、サインを求めた。

ほとんど空いている部屋のキイを四個、テーブルに乗せて、全員の名が記された宿帳を見るなり、赤ら顔が青く化けた。

「ダナム・ゴーント、ラジュ・ゴーント、セイゲン・ゴーント、それからタギギ・ゴーント……まさか……」

「どうしたい、親父(おやじ)さん？」

素手の若者が微笑した。陽気な声と口調であった。それもそのはず、その身体は一メートル半の身長と同じ直径を持っている。完全球体ともいうべき真ん丸男なのだ。この兄弟の名前と評判を知っている者たちなら、その人懐っこい印象に驚きを隠せまい。

「顔色が悪いぜ。ま、おれたちのこと知ってる風だから、無理もないけどよ。安心しな。おとなしく一泊したら、明日は出て行くさ、『魔王谷』目指してな」

「タギギ」

改造ライフルの男が低く呼びかけた。

「わかったよ、ラジュ。おれはいつもしゃべりすぎだね」

だが、ライフル男(マン)――ラジュ・ゴーントの横槍(よこやり)は別の目的があったらしい。かすかにしゃくれた顎(あご)の先は、フロントの右側、待合用のソファにかけた白髪の老婆に向いていた。

それに気づいていたのかどうか、カサカサの唇が、

「来たね、ゴーント兄弟。あんた方も招かれたのかい？」

老婆は老人斑と血管が青く浮き出た手に、裏が真っ黒いカードを摑(つか)んでいた。〈辺境〉で広く使われる〝死人のカード〟である。勝負ではなく占い用だ。都合三六枚のカードに描かれた異形(いぎょう)たちの形づくる「手」によって、依頼者の運命が語られる。

〈辺境〉の奥地へ行くに従って、適中率は増すという。そこは異形の地だからだ。皺(しわ)に覆われた首にきらめく宝石はすべて髑髏(どくろ)石、幽閉樹、暗黒珊瑚(サンゴ)等のいわば邪貴石である。人の運命を占うには、〈都〉で扱われる宝石類よりも、これらの不吉な石の方が適任とされている。運命とはそういうものなのかも知れない。

「来たね、と言った以上――予言者か？」

こう訊(き)いたのは、交差剣の長身だ。

「その他、占いなら何でも」

老婆はにんまりと微笑(ほほえ)んだ。灰色、青、ピンク、赤――様々な色の布地を重ねた衣裳(いしょう)が、照明の下に澱(よど)んでいる。いや、ぼやけて見える。まるで水中にいるように。

「確かにおれたちはあの谷間に眠るものを捜しにやって来た。どうだ、見つかりそうかい婆さ

ん？」

「——名はチョーダ・ドルセク。それは依頼かね？」

残る三人とフロントの親父の視線が剣ひとふりの男——ダナム・ゴーントに集中した。

当たるも八卦（はっけ）、当たらぬも八卦は占いの常だが、ここ〈南部辺境区（セクター）〉の最深部では、どちらにしても、依頼人の心身に多大な影響を及ぼさざるを得ない。

「依頼だ」

ダナム・ゴーントの返事は、いつの間にか重みさえ感じさせる空気の中に、これも重く響いた。

「五〇ダラス」

老婆——ドルセク婆さんの要求額に、ライフル男——ラジュ・ゴーントが眼を剝（む）き、タギギが口笛を吹いた。

高すぎる。こういった占いは、どんな土地でも一ダラスから三ダラスが相場だ。

「自信があるのか——よかろう」

ダナムがうなずいた。老婆の眼の前に、金貨が五枚放られた。

「自信なんかないね」

とドルセク婆さんが薄笑いを浮かべて、ダナムを見た。金貨はすでに、衣裳の胸の奥に仕舞われている。

「占うのはあたしじゃない。これさ」

そう言うとぎごちないシャッフルを二度行い、てっぺんの一枚をつまんで見つめた。他の連中には見えない。

「ほれ」

ダナムの前――小テーブルの上に置かれたのは、髑髏と鉤爪(かぎづめ)の絵であった。

「死だ」

淡々と告げてから、細い眼をさらに細めて、

「あたしとしたことが――占いを始めてからこれで二度目だ。あと一枚選んじまったよ」

最初の一枚の衝撃に打たれて誰も気づかなかった二枚目は、老婆の指の間で、黒い背を見せていた。

「――何だ？」

ダナムが訊いた。さすがに緊張感など微塵(みじん)もない。

テーブルの上から、三角帽にフリル付きの赤い衣裳を着た道化師が、こちらに笑いかけていた。

「道化師(ジョーカー)だね。ふむ、死を茶化しているよ」

「どういう意味だ？」

「死の正体がわからなくなった」

「おかしな死に方をする、か」

ダナムの言葉は問いかけではなかった。念を押した風に聞こえた。

「そう出てるね」

「それがいつか占えるか？」

「さすがにアウトだね」

「正直なことだ」

と言ってから、

「おれで二人目だと言ったな？」

「ああ」

「もうひとりは誰だ？」

老婆はひっそりと、

「――D」

と答えた。

フロントの向うで、よろめいた親父が壁にぶつかり、派手な音をたてた。

誰も気にする風はない。彼らの脳裡を占めているのは、ひとつの名前だけだった。

D。

ダナムが頬の傷を撫でた。

「やっとお返しが出来るかな」

と声をかけたのは、ラジュであった。化物ライフルの銃身で自分の肩を叩く。

「ここへ来るとは限らん」

そちらをふり返って、ダナムは手渡されたキイをまとめて放った。空中で消えた。それこそ飛燕の速さで三人がすくい取ったのである。

「セイゲン」

とダナムが呼んだ。

奇妙なことに、交差剣という最も物騒な武器を帯びたこの三男が、一同の中では最も背が高く華奢で、静寂に包まれていた。

「聞いたとおりだ。次に会ったら勝てると思うか？」

「正直に？」

「そうだ」

「敗れる」

フロントの向うで、ようやく立ち上がった親父と、音に驚いて駆けつけた女房が、眼を剝いた。ここは嘘でも、逆を言うところだろう。勝てるのひと言で、みな幸せになれるのだ。こういうやり取りをする以上、この——穏やかな三男が、最も兄の信頼を受けていると思われた。

「後は、道化師頼みだな」

ダナムは鍔広帽の縁に手を当て、

「世話になったな」

と婆さんに言った。


兄弟が去ると、旅籠の親父が婆さんのところへやって来て、階段の方を見ながら、

「皆殺しかい？」

と訊いた。

「他の三人は占てないから、何とも言えないね」

「Dはどうなってる？」

親父は興味津々だ。

「〈辺境〉一の宝捜し屋と貴族ハンターが、貴族が谷間に残したものを求めて集合か——こりゃひと波乱あるぜ」

「これ以上、あたしに何か言わせたいんなら、一件につき一〇ダラスお出し」

突き放すような物言いに、いつものことだと思いながらも、親父は舌打ちをして、テーブルを離れた。

そこへ、一同が下りて来た。来たときと同じ服装だ。寝るときもこうではないかと、親父は思った。

ダナムがカウンターに来て、

「あの谷間から、ひとりだけ無事に戻って来た子供がいるという。案内を頼めるか？」

「カナンのことですか？　ありゃ、いけません」

「どういう意味だ？」

「生きて帰って来たものの、以来おかしくなっちまって。いまじゃ北の外れの家に籠(こも)ってます。村から付き添いの娘が派遣されてますが、その娘以外には全く心を許さないそうで。誰が行っても出て来ないそうですよ。噂(うわさ)によると、言葉も忘れちまったとか。谷間での出来事が、よっぽど怖かったたんでやんしょうね」

「カナンのことをみな話せ」

「そりゃ構いませんが」

親父が卑しい眼になったのを見て、ダナムはカウンターに五〇ダラスを置いた。

「こいつぁ――気前のいいお客さんを見ると、おれの口は軽くなっちまうんで。じゃ、席を替えて」

老婆はこちらを気にする風もなく、カードを操っている。耳を澄ますと、何やらぶつぶつと、

〝道化を笑っちゃいけないよ

いつも泣いてるんだから

満月の晩に、黒い犬に聞いてごらんな
道化の正体を教えてくれる
彼が町を出て行くまでは
道化を見てはいけないよ
彼は「魔王」の棲む谷へ行くんだから
一緒に連れていかれてしまう〟

「危えなあ」

婆さんから少し離れた窓際の席に移ると、親父は外を見て、不気味そうに言った。

「あんたたちが来たのは、二〇分少し前。夕暮れどきだったのに、いまじゃ真夜中みたいに暗いぜ」

「始めろ」

とダナムが促した。親父は咳払いをひとつしてから、唇を舐めた。

「二年前だ。最初の消えちまった調査団の次に、おかしな調査団がやって来たのはよ」

「おかしな？」

「ああ。〈都〉からだと言ってたけど、ひと眼で嘘っ八だとわかった。ずっと装備が凄かったんだ。みんなギャラント製の戦闘服を着て、武器を持ってた」

　ギャラントとは、正しくはギャラント戦闘商会。〈都〉に莫迦でかい製造工場と〈辺境区〉一帯に販路を有する組織である。〈辺境区〉用の武器を製造販売する会社は他にもあるが、その品質、信頼性において、ギャラント製品を凌ぐものはない。

　それが多数の戦闘員たち全員に行き渡っているとなると、その調査団とやらは、確かに〝貧乏兵士〟と揶揄される〈都〉の公式部隊のものではあり得なかった。

2

「何人いた？」

「九人だ。プラス坊やがひとりで計一〇人」

「その坊やが生き残ったのか？」

「そうだ。猟師のキッチナーが山へ入ってすぐ、谷間をふらふらと歩いてるのを見つけて、村へ連れて来た。連中が入って五日後のことだ」

「その間、谷に異変は？」

「あってもわかりゃしないよ。村から谷の端まで五〇キロもあるし、そこから先は言い伝えで知ってるだけさ。『名無し貴族の城下町』ってな」

「一応知ってはいるが、細かいところまではわからん。続けろ」

親父は息を吐いて、唇を舐めた。ロビーは静まり返っている。それなのに、狭い空間に殺気が満ちているようだ。

「これは村に残る言い伝えだが、あの谷は、この村が出来るずっと以前、五千年以上前に大地震で出来たといわれてる。この地方一帯の形が変わっちまったほどの大揺れで、以前の村や町はすべて地の底、山も森も姿を変えたという。治めていた貴族もあまりの惨状に、手をつけるのを拒んでそれっきり荒れるに任せた。やがて、奴はあるハンターに滅ぼされ、そこから二千年ほど経って、別の貴族が乗りこんで来た――っていうか、気がついたら、谷間を見下ろす丘の上に城が建ち、その麓に小さな村が出来てたんだ」

「誰も知らんうちにか？」

ダナムの声に、津々たる興味の響きが含まれはじめていた。

「そうだ。その大分前からこの辺りには、新しい植民者が入りこんで、小さな集落をこしらえていた。そのときは、城なんか影も形もなかったそうだ。城が出来たのは、夏のある一日、村も同じだった。貴族ならやるだろう。その二つがどんな関係にあるのか、三千年近く誰にもわからなかった。その間、この村の連中はみんなおとなしくしてた。何が起きるかわからなかったんでな。だけどその間、新しい貴族は何も言って来なかった。こっちには見えてるが、向うにはこっちが見えてねえんじゃねえかと思いついたのは、三〇年前のことだ」

「そのとき、ここから誰か調べに行ったのか？」

「ああ。これは記録してある。リクエアという、村で一番度胸のある火龍ハンターが単独で向かったそうだ」

「帰って来たのか？」

「そう急かすなよ。答えは『いいや』だ。リクエアは録声器を持ってた。〈都〉の役人が壊れたので置いてった品だ。それを直して記録用に抱えていったんだ」

「ここにあるのか？」

「いいや、何年か前に、保管してた公民館が火事になったとき、録声器ごと焼けちまったよ。書き写しておいたノートもパアだ。おれが話すのは、子供のときに聞いた録声器の内容さ。あれから三〇年近く経ったが、よおく覚えてるぜ」

ここで親父は次の言葉を呑みこんだ。四人組が一斉に戸口の方を向いたのだ。

「何か？」

と訊くと、タギギが立ち上がって戸口を抜けた。

ダナムが向き直って、

「続けろ」

と言った。

親父は落ち着かない胸の中を、声に表わしながら再開した。

「リクエアは丸二日休みなしに歩いて、その村に辿り着いた。ひと眼でおかしいと思ったらしい。録声器によると、村は〈辺境〉の平均的な佇まいだったらしい。村人もいたそうだ」

「村人が？」

「ああ。昨日今日出来たものじゃなく、建物も、村の連中の服装も、持ってる農具とかも、かなり年季が入ってたらしい。覚悟を決めて入ってくと、みんな胡散臭そうにこっちを見たが、旅人を迎える普通の反応だったそうだ」

「村の周りに柵は？」

「あった」

「それはリクエアも承知していた。だから、用心は欠かさなかった。彼はいつも火龍狩りに、一羽の鷹を連れていた。今度も上空から見張らせていたそうだ。録声器を村へ届けたのは、その鷹よ。リクエアは村人のひとりに村長の家を訊いて訪ねてみた。もちろん、話題は村と城のことだ。このときのやり取りを、おれは正確に暗記してる。こうだ」

〝この村はいつ出来た？〟

〝わからねえ〟

〝どういう意味だ〟

〝気がつくと、わしらはここにいた。その前のことは何も覚えてねえだ〟

〝村の者もそうか？〟

〝ああ。けど、何をしたらいいのかはわかってる〟

〝何をするつもりだ？〟

〝城の御方に尽すのよ〟

〝何て御方だ？〟

〝ターケル卿だ。わしらはそう呼んでいる。顔も声も、どういう身分の方かも知らん〟

〝そんな奴のために尽そうってのか？〟

〝それがわしらの存在理由だ〟

親父はここでひと息ついてから続けた。

〝ところで、おれが出向いたら、御方さまとやらは会ってくれると思うか？〟

〝わからん。わしらは何ひとつ知らんのだ〟

〝彼は貴族なのか？〟

〝多分そうだろう〟

〝そうだろうって――おまえたちは〟貴族かどうかも知らずに、身を捧げているのか？〟

〝そうだ〟

〝具体的にはどんなことをする？〟

〝見たいのか？〟

〝見たい〟

〝――こちらへ来い〟

親父は話をやめた。

「覚えてるのは、ここまでだ」

「その後のことはわからないのか？　――録声器は動いていただろう」

ダナムの声が厳しくなった。

「ここから先を知っているのは、村長だけなんだ。村の連中からも、聞かせろという声はしょっちゅう出るんだが、頑として応じない。ただ、それを聞いてから、村長が異様に老けたのは間違いないそうだ」

「よっぽど怖ろしい内容だったらしいな」

「現物があればなあ」

「リクエアの死体は見つかっていないのか？」

「ああ。鷹に録声器を持たせるのが精一杯だったんだろう。録声器には、刃物の痕らしい傷が幾つもついていた」

「何もかももう手に入らん、か」

ダナムはこめかみに指を当てて揉んだ。

「その村はいまでもあるのか？」

「わからん。誰も行ったことがないし、街道からも外れてる。旅の者も立ち寄るとは思えねえ。つまり、何にもわからねえってことさ」

「向うからは誰も？」

「ああ。ただし、旅人に化けて、あの村の者（もん）だと名乗らなきゃ、こっちはわかりゃしねえがな。連中の役目が何なのか、おれにゃあ想像がつくぜ」

妙に険しくなった親父の顔を、

「何だ？」

ダナムが正面から見据えた。

「餌だよ」

声はロビーに、陰々と流れた。

「あの城の周辺の村からは、貴族に血ィ吸われた者がひとりも出ていねえ。どういう意味かわかるだろ」

「弁当箱を持ってのピクニックか」

「それだよ」

親父はにやりとした。

「あの谷間には何がある？」

とダナム。

「噂は百万もあるが――わからねえ。何ひとつ現物を見た者はいねえ。ま、帰って来た奴がいねえんだから、当然だがよ」

「婆さんはどうだい?」

ダナムの問いは、奥の老婆がカードを操っているのを眼にしたからかも知れない。

「それを見つけに来たんだろ」

と老婆は扇形に開いたカードの一枚をテーブルに置いた。

骸骨が黒い鎌をふるっている。

「それを狙う者には〝死〟を」

「やっぱり――ただひとりの生き残りと会わなくちゃならんな」

返事はない。

「住いを教えてもらおう」

親父に向けての要求であったが、彼は俯(うつむ)いてしまった。老婆が、

「前の通りへ出て真っすぐ右へ。そしたらすぐわかるよ。あんた夜眼(よめ)は利くかい?」

「何とかな」

「――では、行っといで。幸運を祈るよ」

「ここか」

一軒の家の前で、四人はサイボーグ馬の足を止めた。

「成程。夜眼が利かんとまずいわな」

ライフル男――ラジュが薄笑いを浮かべた。

家は黒く塗りつぶされていたのである。

黒く？　いや、すべてを塗りつぶす闇の中だから、そう見える。実は鮮紅色――血の色だ。

全員が馬から下り、タギギがドアについている木の槌で丸い板を叩いた。

少しして、

「どなた？」

若い女の声である。緊張と疑惑に満ちているのは当然として、タギギが、へえとつぶやいたのは、あくまでも丁寧で穏やかな響きが基調だったからだ。

「旅の者だ。そこにいる坊主に訊きたいことがある」

「彼はもう休みました。明日にして下さい」

「そうもいかんのだ」

ダナムが引き取った。

「明日の朝いちばんで『魔王谷』へ向かう。その前に、唯ひとりの生き残りの話を聞かせてもらいたい」

「知ってるかどうか――彼は精神を病んでいるのよ。そのことに触れるのはタブーです」

「それは聞いてる。だが、こっちにも都合があってな」

「待って下さい」

凛(りん)とした声には、妥協を許さぬ気迫がこもっていた。

「——どうする？」

次男——ラジュが右手の化物ライフルを肩づけした。

「仕方があるまい」

ダナムがうなずいた。

「だが、おまえはいかん。タギギ——」

「あいよ」

丸まっちい身体は返事より早く、扉の方へ歩き出している。ふわりふわりと、まるでつかれた毬(まり)——というより風船みたいな足取りであった。

扉から三メートルほど手前で足は止まった。扉の上部が抜かれ、火薬銃の銃身が突き出ている。

「射つな、ボクは使者だぞ」

「使者は認めません。下がって下さい」

「そう言うなよ」

「それ以上近づいたら射ちます。脅しではありません」

「そこを何とか」

と言いながら、タギギは構わず銃口の真ん前まで近づき、親指と人さし指で銃身をつまんだ。

「やめなさい！」

叫びと同時に銃身は下がり――火を噴いた。タギギの足下に穴が――いや⁉

女の悲鳴が上がった。

何とタギギはつまんだ銃身を発射寸前に持ち上げて、自分の胸を射ち抜かせたのだ。

「えーーっ⁉」

扉の向うで驚きの声が上がり、若者が何処にあるかわからない腰に、両手を当てて笑った。

「えい」

と腹だか胸だかわからない部分を少し前に突き出すと、黒いものが勢いよく扉の表面に当たって地面に落ちた。弾頭であった。人体に命中するとつぶれるのだが、完全な形である。

「ボクに武器は効かないのだ」

彼はまた胸を反らせて笑った。その身体が一回転した。反らせすぎたらしい。しかし、たちまち元に戻って、ふぉふぉふぉと笑った。

「では、お邪魔するのだ」

丸い顔の頬っぺたがもっと膨らんだ。空気を吸いこんだ気配はない。

しかし、厚めのタラコみたいな唇から噴き出された気体が、ごおと扉を叩くや、分厚い樫の板は、内側の閂ごと室内へ倒れたではないか。

恐らくこの男の体内には、高密度のガスが充満しているのに違いない。その筋肉と皮下脂肪を傷つけず、弾丸を撥ね返したのもそのガスの力であり、ひと息で門をへし折り、扉を吹きとばしたのも、そのガスの成分とガス圧のせいに違いない。

「やるな、〝ポンポン〟」

ラジュの声に一同が笑い声をたてた――その瞬間、うわっ⁉という叫びとともに、タギギの丸っこい身体が、まるで吹き戻されるみたいに地べたへ転がった。ころころぽんぽんと返って来た弟を、ラジュが片足で止め、四人は扉の前に立つ人影を凝視した。

影は二つ――身長一五〇センチほどの少年と、頭ひとつ高いしなやかな女の影である。

「お願いです、帰って！」

娘が叫んだ。右腰には火薬銃が固定されている。言葉遣いや見た目からは考えにくい、見事な構えであった。少年も四人を見つめている。月光の下でも異常な――奇怪な刺青を刻んだ顔だ。

「待ってくれ。おれたちは闘うつもりはねえんだ」

とダナムが声をかけて、一刀の柄から手を離した。ライフルも下がり、ミサイル・ランチャーも安全位置へ戻る。

そのとき――少年の顔の中で刺青が動いた。

三人の全身が緊張した。何かとんでもないことが起こる瞬間であった。

3

四人の視線が小さな顔の一点に集中した。

左の頬全体を覆う刺青は、信じ難い技巧で彩色をされた怪獣であった。数ミリサイズの眼は炎を噴き、鋭い牙（きば）や爪も平気で人間の皮膚を切り裂き、骨を砕きそうな〝力〟が滾（たぎ）っていた。

それが、ふっと少年の顔から消え——同時に、セイゲンの身体が垂直に宙に浮いた。

うおっ、と叫んでラジュ・ゴーントが化物ライフルの銃口を向ける。

「よせ！　セイゲンに当たる！」

叫んだダナムの右手から、円（まる）い光が垂直に飛んだ。彼の頭上でそれは薄いレンズに変わり、セイゲンと——その背後にいるものを映した。

「見えた」

という固いつぶやきが、他の三人の耳に入ったかどうか。風を切ってふり下ろされたダナムの一刀は、無論、空中のセイゲンには届かない。

それを繕（つくろ）うかのように、レンズの表面から白光が走ってセイゲンの背後のものを斜めに貫いた。

それは次の瞬間、空中に呑みこまれていたのだが、鋭い牙と爪を備えていることだけはわかった。

「何だ、いまのは？」

と訊きたかったのは、娘の方かも知れないが、〝ポンポン〟＝タギギの問いである。

「〝刺青兵士〟だな。話には聞いていたが、本物を見るのは初めてだ」

ダナムの指摘の前で、少年は崩れ落ち——かけて、娘が支えた。

「これでしばらく、彼は何も出来ないわ。帰って下さい」

「そうもいかんのだ」

ダナムは帽子を取って、

「おれたちはゴーント兄弟って宝捜し屋（トレジャーハンター）だ。明日、『魔王谷』に入る。その前に、そこから無事に戻って来た、たったひとりの生還者に、話を聞いておきたいのさ。無茶はしねえし、礼も出す」

娘は首を横にふった。

「私はリジヤ。こうなると、彼は丸半日は話せないのよ」

特殊な力を持つ妖術師の彫った刺青は、彫られた人間を護る「兵士」と化して、敵を殲滅（せんめつ）するという。その多くは爪と牙ばかりか、灼熱の炎を噴出する怪獣として認知される。

「——なら、待たせてもらいたい。宿賃は払う」

「どうしても谷へ？」

「おお」

「何人もそう言って、戻って来なかったわ。誰ひとり」

娘は上眼遣いに四人を見た。その妖気がならず者たちを数秒沈黙に落とした。

「お入りなさい」

背を向けた娘へ、

「手を貸すよ」

タギギが前へ出たが、結構よと冷たくあしらわれた。

リジヤが少年をベッドに寝かせてすぐ居間へ戻ると、〝ポンポン〟しか残っていなかった。

「どうしたの？」

緊張するリジヤへ、〝ポンポン〟は、

「誰かが来たらしい」

「え？」

「相当な凄腕だ。兄貴たち全員が出迎えに行ったんだからな」

「出迎えって？」

「ここへ来るのかどうか確かめにな」

「来たら――追い返すつもり？」

「そうさ。邪魔されたくないんでな」

「それにしても四人のうち三人。どういう相手なの？」

呑気(のんき)としか言いようのない丸い顔に、リジヤを骨の髄から震わせるような表情が浮かんだ。

ドアが叩かれたのは数分後のことである。

入って来た三人の様子を見て、リジヤが先に、

「どうしたの⁉」

と訊いた。

「何処へ行った？」

壁に背をもたせかけたダナムの顔は汗にまみれていた。

ラジュが化物ライフルの銃身で頭を軽打(タパ)しながら、肩をすくめた。わからんの合図だ。その顔も汗で光っている。

「おれたちの前まで来て、ひとっ跳びで闇の中に消えた」

とセイゲンが立ち上がった。床に片膝をついていたのである。

「――それは、この家の前だった」

聞き終えてすぐ、リジヤが身を翻した。

この家の前で消えた。

リジヤは寝室へと走った。

追いかけたのは、タギギひとりだった。

彼はベッドを見て、

「間に合わなかったか」

と言った。

無人のベッドの横の窓は大きく開け放たれているのだった。

早朝、出発の用意をする四人へ、リジヤは同行を申しこんだ。

「どういう風の吹き廻しだ?」

と言うラジュへ、

「あの子も、谷へ入ったような気がします。私にはあの子を保護する責任があります。同行させて下さい」

「悪いが足手まといだ」

ダナムは、さっさと馬にまたがった。

「どうしても?」

「駄目だ」

「なら、勝手についていきます。私の身に何があっても気にしないで下さい」

「好きにしな——行くぞ」

四頭のサイボーグ馬が谷間への道を歩きはじめてから一分と経たないうちに、もう一頭が後を追いはじめた。

眼を醒ますと、サイボーグ馬の鞍の上にいた。普通なら落馬する。少年の胸を支える半円の木枠が、馬の首すじで固定され、それを防いでいた。老人か病人用の品である。

払いのけて手綱を取り、左側の同行者を睨みつけた。

途端に、もう一度眠りたくなった。恍惚の雲に包まれて。

「昼近い」

旅人帽の広い鍔の下で、彼を失神させかけた美貌が、これもきらめくような声で言った。

なのに響きは鉄だ。

「ぼくはどうして……？」

「道案内を頼む」

「あんたは——」

見ようとして、また眼がくらんだ。手綱を絞って馬の首にすがりつく。

「Ｄ」

「ぼくはカナン。けど——」

「辛い目に遇ったのは知っている。そこを曲げてくれ」

少年は激しくかぶりをふった。必死と言ってもいい。

「あんたは何も知らないんだ。あの城に何がいるか。麓の村がどうして作られたか。あそこは地獄より酷い場所なんだ」

「おまえはそこから戻って来た」

いきなり鉄の声が皺だらけになったので、カナンは崩れ落ちかけ、必死に鐙を踏んで持ちこたえた。

「どんな場所かは、わしもこいつも興味はない」

と嗄れ声は言った。

「わしらはそこへ行かねばならん。だが、そんじょそこらの難ルートではないらしい」

「それは――」

「今朝、試してみたが、堂々巡りに陥ってしまった。破ることは可能だが、かなりの手間がかかる。そこでおまえの出番だ」

「ぼくは――よく覚えてないんだ」

「全く覚えていないというのは信用できんが、〝よく〟ならば本物だろう。覚えている限りを聞かせろ。後は、道々思い出せ」

「嫌だ――帰してくれ」

カナンは馬首を巡らせようとしたが、黒い手甲をはめた手が、手綱を押さえた。

「城の麓の村まで同行しろ」

鉄の声が言った。

「後は好きにするがいい。礼もする」

少年は眼を閉じて――すぐに開いた。

「信用できない。あの村まで無事に行けるはずがないんだ。腕の程を見せろ」

悲鳴に近い口ぶりに、Dは、

「よかろう」

と応じた。

「リクエストがあるかの？」

と嗄れ声。Dの左手から出ているらしいと少年は見当をつけた。

素早く道の左右へ眼を走らせて、道の左に広がる草原に、一本の枯れ木が立っているのを認めた。ひどく細くねじ曲がっている。

「ぼくはあの木に向かって走る。ぼくに当たらないよう、ぼくの胸にあたる幹の部分に、刀を刺してみろ」

カナンの身体を貫かぬ限り、不可能な業である。半分は言いがかりだ。

Dの返事を待った。

「行くよ。やめたっていいんだぜ」

サイボーグ馬の脇腹を蹴った。

物理的には不可能な要求だ。サイボーグ馬はみるみる枯れ木との距離を縮めていく。

あと一〇メートルというところで、

「受けよう」

とDは言った。

白い光が鋼とは別の艶を引きつつカナンの背に吸いこまれた。

少年の驚愕が瞳孔を思い切り広げて、前方の幹に刺さった白木の針を映した。

カナンは胸もとに手を当てた。傷はない。痛みとはいえぬかすかなむず痒さが残っている
――それだけだ。

「まさか」

全身を絡め取る神経の網にも隙間が存在する。数ミリの空間を貫けば、痛みは感じられないが、それを選択するだけでも神技に近いのに、カナンの胸からは一滴の血も滲んでいない。Dの手練は毛細血管すら傷つけなかったのだ。

「まさか」

カナンはもう一度つぶやき、ひと呼吸おいて、もう一回つけ加えた。

「気に入ったかの?」

隣りに来た嗄れ声も気にならず、少年は声もなくうなずいた。

再び並んで歩き出し、一キロほど稼いだとき、

「雨じゃ」

と左手が言った。

暗転した空から鉛色の粒が落ちて来る。

「こっちだ」

カナンがこう告げて、サイボーグ馬を走らせた。

さらに一キロほど進んだ頃、右方に巨大な影が見えて来た。煙っている雨のせいだ。

近づくにつれて、それはこの星のものではない奇怪な形状を鮮明にしつつあった。

狂人に円盤と円筒を好きなだけ与えたら可能な――いや、それでもここまでは、と思われる組み合わせの怪異は、明らかにＯＳＢのものであった。

「内部は貴族の私兵が掃討（そうとう）したけど、いまでも旅人が行方不明になったり、鎧獣（がいじゅう）が半分に裂かれたりするらしい。内部には入らず雨宿りしよう」

真っ先に着くと、外側へめくれ上がった外板の下に入った。二人と馬を雨からカバーするには十分のサイズであった。

「これが絶対金属か」

左手が破損部の鋭い縁に触れた。

「原子が分子を兼ねるとやら。貴族たちも相当に苦戦したらしい」

金属の天井の上で雨が鳴りはじめた。

雨音が一種の精神的弛緩を造り出すことは誰もが知っているだろう。一分と経たないうちに、カナンの瞼は落ち、数度の抵抗を経て、脳は眠りについた。

気がつくと、彼は形容し難い色彩の影に取り囲まれていた。

人影とはいえまい。だが、それは明らかに生きていた。全体が楕円と球の合成でありながら、棒状の影が接近して来ては押しのけ、するとすべての形が崩れ、また小さな真円から手足が生じて――

「変ワッタモノガ来タ。コレモ、貴族トヤラノ一族カ？」

「極メテ原始的ナ存在ニ違イナイ。放ッテオイテモ害ハ無カロウ」

「イイヤ、ナラン。我々ノ目的ハコノ星系ノアラユル生命ノ抹殺ダ。何故、外デ殺サナカッタ？」

「残リ二名ガ気ニナッタノダ」

「二名？　一名シカ――」

「二名デ一名ダ」

「オカシナ生命体ダ。外ノ奴モタダチニ始末シロ」

言葉による会話ではない。思念の交換だ。

仄暗い闇のあちこちで雨音が弾けている。

「デハ、始末シヨウ」

影のひとつがカナンに近づいた。

そいつは、カナンに触れる寸前、忽然と消失した。

驚きの気配を、音もなく忍び寄った襲撃者は感知しただろうか。

薄闇にもきらめく白光が、影たちを両断したが、彼らは音もなく後退した。

「コノ星ノ武器デハ、我ラヲドウニモ出来ン。オマエガ先ニ死ネ」

手とも頭部ともいえない形から、糸のようなものが流れ出し、襲撃者を捕えた。それに触れたものはすべて蒸発した。

だが――

異星からの客たちは、さらに後じさった。

「何ダ、コノえねるぎーハ？　全ク初メテノモノダゾ」

「イカン。我々ト共存シ得ル形ヲトッテオル。早急ニ乖離シナケレバ」

言い終えぬうちに、影らしきものたちは、その数を倍にした。

崩れかかるカナンを抱き止め、Dは周囲を見廻した。

「残留念か？」

「そのとおり」

と左手が応じた。二人はカナンが誘導された通路を逆に辿っていた。この物体――宇宙船だろう――の乗員はとうの昔に死滅し、思念だけが残された。憎悪か妄執かは知らず、〝思い〟だけは時間を超越してのけたのだった。

「自然の成り行きか？」

とDは訊いた。

「いや。それではここまで保つまい。思念をここまで維持して来たメカニズムがあるはずだ。この星の住人――つまりわしらにも理解し難いメカニズムがな。面白い。捜しに行くぞ」

返事はしなかったが、薄闇の奥へと歩を進め出したところをみると、Dにも異議はないようであった。

第二章　谷間の住人たち

1

三人が奇怪な廃墟を出たのは、夕暮れも近い頃であった。雨は上がっていた。

Dの右腕に眼をやったカナンは、

「何だい、それは？」

と訊いた。

肘のやや下が、はっきりとわかる膨縮を続けている。あの廃墟から持ち返った不気味な土産だと、カナンはすぐに気づいた。

もうひとつ――Dの美貌が、何処か苦しげに歪んでいる。

何も言えず馬に揺られていると、

「戦っておるのだ」

と左手が言った。

「え？」

「この世界に存在しない異物が、こ奴の体内に入った。当然、抗体が黙ってはおらん。そこで戦いというわけだ。これは、外での戦いより大分苦しいぞ」

嗄れ声のいう〝大分〟が理由もなく途方もない負のレベルに感じられて、カナンは身震いした。

横眼で見ることに決めた。

かすかな苦しみの翳が走る美貌は、少年に不可解な高揚感を覚えさせた。息が荒くなる。

だが、闇がやや深まる頃、

「よっしゃ」

という嗄れ声が、彼を安堵させた。

濃さを増した闇に遮られて、Dの顔は朧ろにしか窺えなかったが、先刻までの戦いの翳りは失われていた。勝利したらしい。

「これでひと休みじゃ」

嗄れ声にもひと息ついた響きがある。

その日は一〇キロほど進んで野営と決まった。

草原は様変わりを始めていた。

草は苔状のものに変わり、土の下からは岩肌が覗く。旅人が最も嫌がる変化であった。焚火で人工肉を焙り、栄養茶を飲むと、カナンは人心地がついた。空気は冷気に化けつつあるが、Ｄが貸してくれた温暖コートで十分に防げる。

ふと、Ｄが、

「ターケル卿に会ったか？」

と訊いた。

カナンがかすかに震えた。それきり動かなくなった。

「まずかったのお」

一秒ほど置いて左手が言った。

「記憶の先には人外の恐怖がついておると言ったであろうよ。もう石と化しておる。何も憶い出したくないとな。近づけば恐怖も強さを増す。ここへ来るまでも、この小僧なりに戦っておったのじゃ」

Ｄは沈黙した。月光の下で、思案にふけっているような表情も、途方もなく美しい。

不意に立ち上がった。

「おい？」

嗄れ声には明らかな不安があった。

Ｄは二メートルほど前進し、カナンの前で彼の方を向いた。二人の間には炎があった。

「おい。無茶はよせ」

左手の声を虚しく聞きつつ、Dは長刀の柄に手をかけた。

一閃は闇の中でもかがやいた。

背中が鍔鳴りの音をたてた。刀身は収まったのである。

「ひっ⁉」

鋭い声は悲鳴であった。

カナンが硬化を解いて、のけぞった。

彼の恐怖をDの一刀が断ったのか。

「どうじゃ？」

と左手が少年に尋ねた。

のけぞった若い顔に広がるのは、恐怖ではなく安堵の翳であった。少年を石と化せしめた異界の戦慄を、Dは一刀のみで霧消させてのけたのだ。

一刀を収めてから、Dはまた、

「ターケル卿と会ったか？」

と訊いた。

カナンは沈黙に落ちた。その原因が拒否ではなく、躊躇だというのは、虚ろな表情が物語っていた。

「覚えていないんだ」

と口を衝いたのは、三〇秒を過ぎてからであった。

「ぼくは調査団と一緒に村へ入った。そこからの記憶がない」

Dは左手の平に視線を落とした。

「やれるか？」

と訊いた。

「何とかなるじゃろう」

左手が額に当てられたとき、カナンは身をこわばらせたが、すぐに両眼を閉じた。

「おまえは〈都〉からの調査団と一緒に、あの村へ入った。村人の様子はどうじゃ？」

「……普通だ」

返事は数秒の間を置いている。

「……みんな……ぼくの村と……同じだ。何も変わって……いない……にこにこ笑っている」

「建物はどうじゃ？」

「同じだ。土を塗り込んだ板壁……茅葺きの屋根……いつも見てる風景だ」

「城は見えるか？」

「ああ……丘の上に……でも、かなり破壊されてる……廃城みたいだよ」

声はふやけているが、口調はしっかりしている。

「廃墟？　新城だと聞いたが。団長は何してる？」

「……村長と話してる。他の連中も同じだ……女の子がこっちを見ている」

「年齢は？」

「同い歳くらいだよ」

「どんな表情だ？　珍しいものを見てるのか？　面白そうか？」

カナンはゆっくりと首をふった。横に。

「いいや……怯えてる……みたいだ」

「怖がっておるのか？」

「……違う……どっちかというと……心配してるみたい……だ」

「それはそれは――その後、名前は訊いたのじゃろうな？」

「うん……ミレーユって言ってた」

「――よし、それから、調査団はどうなった？」

「日暮れが近かったので……使っていない農家へ、まとめて泊めてもらうことに……なった。ぼくも一緒だ……」

「夜――何が起こった？」

何もかも知っている風な左手の声であった。

次の答えには少し時間がかかった。

「……みんな食事を済ませてすぐ眠ってしまった」

「食事は自分たちのか？」

「いや……村で出してくれた食事だ」

「おまえは眠らなかったのか？」

「いや、ぼくも眠った。そしたら……首すじに冷たいものが当たって……眼が醒めたんだ……あの娘が——ミレーユがそばにいた……」

「それで？」

「手を取って立たされ……別の空家へ連れてかれた……でっかい家で地下室があった」

「ほう、それからどうした？」

左手の声は興味津々(しんしん)だ。

「地下室は倉庫みたいだった……広い端っこに木の箱が積んであり……ガラクタみたいな品も……いっぱい……あった……でも……でも……ぼくは身体中が……冷たくなって……動けなくなった……」

「ほう」

「……床いっぱいに並んでいたのは……木箱だった。いや、あれは柩(ひつぎ)だ……ぼくが立ってると……娘が肩を引いて……階段の方へ連れていった……そして……耳もとでこう囁(ささや)いたんだ……あれは貴族たちの柩よって」

「そうか——貴族も調査隊を出したんだったの。だが、そいつらが、どうして農家の地下室になど？」

「わからない……でも……」

「——でも」

「娘はすぐにぼくを連れ出そうと……腕を引いたけど……動けなかった……」

「どうして？」

「柩の蓋が……柩の蓋が……ぎいっと開き……はじめたんだ……ぎいっと音をたてて」

少年の声は止まった。

「それで？」

と嗄れ声が促した。

「……幾つも幾つも……音は鳴った……蓋が次々に開いて……中からあいつらが……出て来たんだ」

「貴族かの？」

カナンはうなずいた。

「仄暗いのに……真っ赤な眼と……白い牙がはっきりと……見えた。あいつら……あいつら……でも……生きてたのか……どうか……」

貴族——吸血鬼は不老不死である。心臓に杭を打ちこまれるか、首を落とされる以外は不死身だ。生きているという形容は確かにおかしい。カナンの証言には、聞く者すべては首を捻(ひね)るだろう。そして、少年はさらに不気味で肌が粟立(あわだ)つほどの証言を口にした。

「あいつら……死んでいた」

四兄弟がサイボーグ馬の足を止めると、すぐにリジヤが馬上から声をかけた。

一同の前には草原が続いている。要するに何処で夜を明かしても構わない状況なのだ。それをこの娘は、

「ここは危ないわ」

と言ったのだ。

兄弟が訝(いぶか)しげな眼を向けても、

「ここは駄目よ」

「――何が駄目なんだよ？」

片足を地につけたラジュが、脅すような口ぶりになった。ほぼ丸一日サイボーグ馬の背に揺られて、疲労も溜(たま)っている。何処で下りても変わらない平原の真ん中で、何ケチつけやがる、といったところだろう。

「何が見える？」

と訊いたのはセイゲンだ。旅の間中、ほとんど口を利かなかった三男が、いきなり奇妙なこ

とをぬかしたので、残る二人も眼つきを鋭くした。

リジヤは、はっとしたようにセイゲンを見たが、すぐに自分の言葉を思い出したか、

「この場所は危険なのよ。どうしてここを選んだの？」

視線は四男――タギギに向けられていた。この場所を指定したのは、彼だったからだ。

「べ、べ、別に格別の理由があったわけじゃねえ。何となくさ」

「でも、あなたは私の前にいた。ビリから二番目よ。それがいきなり前へ出て、ここにしようって叫んだのよ」

「そ、そうだったったっけな」

「どうしてここがいいと思ったの？」

「り、理由なんかねえよ。みんなそう思わねえか？」

返事の代わりに、ダナムがリジヤへ、

「あんた、どうして危険だと思うんだ？」

リジヤは苦笑を浮かべた。

「正直、私もよくわからないのよ。強いて言えば勘かな」

ダナムはうなずいた。

「おれたちみたいな仕事をしていると、確実なものなんてあり得ねえと身に沁みる。代わりになるのが予感や直感だ。何の根拠もねえが、おれたちはそうやって危険を乗り越えて来た。あ

んたはおれたちの仲間じゃねえが、危険だというなら、それを重んじる。――場所を変えるぞ」

馬首を巡らせ――彼は奇現象に遭遇した。

馬たちが足踏みをはじめたのだ。腹を蹴っても動こうとしない――否、その気はあるのだが、足がついていかないのだ。

「嫌がってるのに逃げられねえか――やむを得ん。歩くぞ」

ダナムを先にみな馬を下りた。街道へと戻りかけ、まずラジュの足が止まった。

「動けねえ。この腐れ足」

気が短いにもほどがあるというか、いきなり自分の右足にライフルを向けたのを、

「よせ」

とダナムが止め、自分も前へ出て、

「どうしたものか」

と言った。後の二人も数歩進んだ位置で動けない。

「誰かが、おれたちをここに居させたいんだ。――野郎！」

〝ポンポン〟が跳躍したが、足は前へ出ず、空しく着地した。

「これ以上、上がれない」

「ジタバタしてもはじまらねえ。ここで野宿するぞ。飯を食ったら、まず、ラジュとセイゲンが見張れ。六時間したら、おれとタギギが交代する。あんたは寝てろ」

「ありがとう」

とリジヤは礼を言った。

「ところで、危ねえ以外にゃわからねえか。相手にゃ牙と爪があるとか？」

「ごめんなさい」

やがて食事が終わると、二人の見張りを残して三人は横になった。

そのとき、聞こえた。

鉄蹄（てってい）の轟（とどろ）き——だが、ばらばらではない。馬車だ。

向かう道の先からやって来る。

ぐんぐん近づいて来る。あと一〇秒。

五人は準備を整えていた。

現われた。古い農耕用の荷馬車だ。一〇頭のサイボーグ馬がそれを引いている。

五人の前を通過する瞬間、荷台の品が飛んで来た。放った五、六名は、平凡な農夫の服装だ。

見えない壁を難なく通過し、〝荷物〟は五人の足下へ落下した。馬車はみるみる闇に消えた。

「何だ、こりゃ——棺桶だぜ」

とタギギが跳躍の姿勢を崩さずに言った。

その正しさは、きしみつつ開いた蓋が証明した。

人影が現われた。四人はともかく、リジヤも声ひとつ上げなかったのは、見事としか言いようがない。

黒いケープを着た男は、燃える双眸と白い牙を露わにしていた。

「死んでるぜ、この貴族」

とラジュが呻くように言った。

貴族の喉は、半ば近くまで食いちぎられていたのであった。

2

貴族の死骸が棲家から出るまで、兄弟は待っていなかった。

雷鳴が貴族の顔を血の霧と変えた。

首から上が消滅した貴族から、ラジュは硝煙立ち昇るライフルの銃口を外さなかった。

彼の顔にも胴体にも血痕や脳漿、肉片が飛び散っている。

貼りついたものが剝離するのを、フジュは感じた。脳の断片が、ちぎれた肉が、赤い骨片が次々に離れ、一点に向かっていく。貴族の首の上に。

数秒前、兄弟が見たものは、またも眼が赤光を放ち、白い牙を覗かせていた。リジヤは夢かと思った。

だが、そいつは違うことをしてのけた。にんまりと笑ったのだ。しかも――

「おれの名は、ヘルマ・ダリュード。ターケル卿の護衛長だ」

名乗った。

「何の用だ？」

ダナムが訊いた。両手は下げたままである。

「知れたこと。卿の下へおまえたちの首を持って帰る。血をすべて食らった後でな」

「ここへ運んで来た奴らは？」

「村の者たちよ」

「Dと出くわさなかったのか――とおまえに訊いても始まらんな。だが、せっかくの邂逅だ。色々と聞かせてもらおうか」

「あの世へ行けばみなわかる」

ふわ、とヘルマの身体が柩から浮かび上がった。

着地したとき、その左胸から背にかけて、白刃が貫いていた。

苦痛の呻きとともに、

「これは……こんな痛みは……はじめてだ……貴様……何をした？」

「色々と研究をしてな、数年前『ダナム剣流』というものをこしらえた。貴族を仕留めるだけではなく地獄の苦痛を味わわせるための剣法だ。貴族について、おれはそれで色々と知識を得た」

「ぐおお……剣を抜け……抜かんと……」

ダナムの手が少し廻ったようだった。ヘルマは絶叫を噴き上げた。

「滅びるよりも辛いぞ、ヘルマ・ダリュード。さあ、答えよ。城に棲むターケル卿とは何者だ？　何のために城にいる？」

「それは……」

「それは？」

絶叫が闇を撥ねとばした。刀身を両手で握りしめるなり、ヘルマは大きく上体を右へと捻ったのである。

貴族――吸血鬼の怪力は誰もが知るところだ。ダナムの刀身はもぎ取られていた。だが、黒いケープを魔鳥の翼のごとく広げて、地上に舞い降りた貴族の顔は――明らかに狂気の相であった。ダナムの刀身が与える苦痛に耐え切れなかったのだ。

人間の拷問によって貴族が発狂したなどという事態は、両者の歴史を通してかつてない。両眼から流れる赤い筋は涙だ。血の涙だ。いま吐いた肉片は舌だ。どちらも激痛のあまりの行為であった。

「これ以上は無駄か。任せるぞ、セイゲン」

静謐なる三男坊は、静かに狂人の前に立った。だが、精神は狂おうが、貴族の肉体の有する〝力〟にはいささかの衰えもないはずだ。

敵を見つめるヘルマの瞳が赤く燃えた。貴族の瞳術は人間を操り人形と化して、その血を吸い尽すまで抵抗を許さない。

ヘルマが躍りかかった。兄弟はこれを予想して鉄板の入ったハイネックのシャツを着ていたが、貴族の怪力はシャツ自体を切り裂き、鉄板を折り曲げて、剝き出しとなった白い首すじへ、狂気の牙を突き立てた。

凄まじい悲鳴を上げてのけぞったのは、しかし、ヘルマ・ダリュードの方であった。

その瞳には真っ赤な形が映りこんでいた——十文字が！

体勢も整わぬ貴族の胸から兄の長剣を引き抜くや、セイゲンはもう一度、今度は心臓の真ん中へ刺しこみ、二度えぐった。

リジヤが、あっと叫んだ。

仁王立ちの魔性が朽ちないのだ。

「こいつは——新種か」

ラジュが呻いた。

セイゲンが前へ出た。右手を喉もとに当て、抜き取った刀身の半ばへその手の平を押しつけたのである。

ヘルマが跳躍した。目的地はリジヤの真ん前だ。

声も出ず硬直したリジヤの首すじに魔の唇を押しつける。同時に彼はもう一度のけぞった。

三度目の突きが背から心臓を貫いたのだ。

声もなく、貴族は月光の下で塵と化し、地面に広がった。

灰色のそれを見下ろしてダナムは、

「こいつは別の貴族に喉を裂かれ、血を吸われた。そして、心臓を貫かれても死なぬ身体になった。その貴族とは――何者だ？」

「それより、こっちだ」

とタギギが叫んだ。倒れかかったリジヤを両腕で支えている。真ん丸い眼が覗きこんでいるのは、その喉だ。二つの傷口から朱色の筋が流れている。〝貴族の口づけ〟――ヘルマにやられたのだ。

「どどうしよう?」

と動揺する四男は無視して、ダナムはぽつんと、

「血を吸った奴は滅ぼしたが、元に戻らんか。となると、ヘルマの主人を始末するしかないな」

こう言いながらも、さして驚いた風もないダナムへ、セイゲンは一刀を投げた。長兄が受け取った刀身の半ば――セイゲンが手の平を押しつけた部分に、十文字の形が朧に浮かび、すぐに消えてしまった。そして、ダナムは次の瞬間、その印のことを忘れ、牙をたてられる寸前、それを自らの首すじに浮かばせたセイゲンもまた忘却の彼方なのであった。

暗澹たる空気が一同を包んだ。それには危険なものが含まれていた。対象はリジヤである。いまや〝もどき〟――貴族の血を一部でも受けた女を、どう扱うべきか。

常道なら〝処分〟あるのみだ。〝もどき〟は彼らの昼の行動の枷になる上、いつ貴族と精神的交感を行うかわからない。眠っている間に兄弟の殺害を実行に移す危険は、自身の意志ではないとわかっていても、絶対に放置は出来なかった。

同行など論外だ。かと言って、村へ連れ戻す余裕はないし、兄弟にとってリジヤの持つ価値はゼロであった。与えられる処置は——死のみだ。

だが、四人ははっきりとためらった。

自分が庇護して来た少年を救おうという娘の確固たる意志が、彼らの殺意と実行とを肯とさせなかった。

「やることはわかってるんだがなあ」

ラジュが苦い顔と声で、一同の立場を表明した。それから思い切ったように、

「さ、みんな後ろを向け。おれが何とかする」

と言った。

三人は従った。リジヤは地上に横たえられた。

ラジュはライフルの狙いをリジヤの頭に向けた。〝もどき〟の吸血鬼化レベルは、吸血された量による。最も高レベルの場合、貴族の力の八割まで備わってしまう。ライフルで頭を吹きとばされても平気で甦って来るだろう。だが、リジヤの場合は——

数秒が過ぎた。申し合わせたように、三人はふり返った。

ライフルを構えたまま、ラジュは荒い息をついていた。銃口が震えていないのは、驚くべきことであった。

「もういい」

とダナムが声をかけた。それは労りに満ちていた。ライフルは下ろされた。

「ここへ置いてもいけん。連れて行くぞ。タギギ——おまえが世話を焼け」

「待ってくれ。何故、ボクが？」

「お似合いだ」

「え？」

と眼を細くしてから、髪の毛一本ない頭をぺちぺちと叩いて、

「そ、そうかなあ。いや、兄貴がそう言うなら」

「決まりだな」

セイゲンが面白くもなさそうに言った。口ぶりとは裏腹に、丸っこい弟を見る眼は、笑いを含んでいた。

「夜はまだ長い——傷の手当てをしてやれ。油断はするなよ」

ダナムのひとことは、本来必要のないものであった。みなとうに肝に銘じていたからである。

だが——

彼らはただひとつ、恐るべき事実を忘れていたのであった。

Dの質問の途中で、カナンは意識を失っていた。

「限界じゃ。よほど恐ろしい目に遭ったのじゃろう。休ませてやれ」

Dは立ち上がり、サイボーグ馬から毛布を取って戻ると、カナンの上にかけた。

「だが、容易ならぬところじゃぞ。この先に待つのはな、どいつもこいつも、尋常な貴族や〝もどき〟とは一線を画しておる」

――あのとき、調査団は少年といえど対貴族用の武器は携行していた。

次々に柩の蓋が開き、黒い影たちが起き上がるのを見ながら、カナンはその第一号に小弓の矢を放った。確かに心臓を貫いた矢を、影は平気で抜き取り、投げ捨てた。

貴族の話は村の古老から耳にしていたものの、実物に会うのははじめてだった。まして、心の臓を射抜かれても平然と柩を出て、こちらへ向かって来るなんて。

「嘘（うそ）つき」

と呻いた。

逃げようと思ったが、身体は石みたいに重かった。

影は近づいて来る。一人、二人、三人――

柔らかいものが肩に当たった。途端に呪縛が解けた。

「早く」

少女の声であった。瞬時にあの娘だとわかった。

それから階上へ上がり、手を引かれるままに走って家を出た。

月光の照らし出す通りに誰もいなかった。

「みんなに知らせなきゃ」

と周囲を見廻したが、少女は手を離さなかった。

「もう間に合わないわ。ひとりで逃げなさい」

言葉とは裏腹に、少女はカナンの手を引いて通りを走り、一軒の廃屋に入った。

「一体——何が起こっているんだ？　さっきの奴ら——あれ貴族だろ？」

「そうよ。新しい村の護衛兼兵隊。あなたたちは敵よ」

カナンは混乱の極みに陥った。

「村の人たちは——君は——人間なのか？　そうなんだろ？」

違ったりしたら眼も当てられないが、質さなくてはいられなかった。

「わからないわ」

と少女は答え、

「私はミレーユよ、忘れないで。あなたとは、多分違う人間よ」

ここでカナンの手を離し、

「でも、いまはあなたの味方。今夜ひと晩ここで我慢なさい。何が起きてもここを出ては駄目。

陽が昇る前に裏から出て、真っすぐ柵の方へ行きなさい。真っすぐに行くのよ。そしたら、柵の下の方に穴が開いてるわ」

「――わかった。でも、君はどうする？」

言ってから、息を呑んだ。答えを聞くのが怖かった。

「私はここの人間よ。知らばっくれて残るわ。ひとり暮らしだから、家に戻ってれば、誰も怪しまない」

急に声を落として、

「怪しまれても、いいけどね」

寂寥ともいえる口調がカナンをひどく侘しくさせた。

「一緒に行こうよ」

言ってみたが、無駄だとわかっていた。

「それじゃ。出来ればこの村のことは話さないで――私のことも」

返事も出来ないうちに、少女はカナンの肩をひとつ叩いて、

「じゃあね」

と出て行った。

後を追い、戸口で少年は足を止めた。

聞こえた。

悲鳴が。

家々から凄まじい叫びと、火薬銃の音が弾けた。

通りの奥からこちらへ向かう足音が聞こえ、すぐ悲鳴に化けた。調査団のメンバーが襲われているのだ。さっきの——地下の柩から現われた連中に。

少女の言葉に従って、カナンは待った。長い夜であった。

そのうち、銃声も悲鳴も熄んだ。息を殺して戸口から外の様子を窺い、やがて人心地が戻って来た。

闇に人影が混じっていないのを確かめてから、裏口の方へ移動しようとした。

通りに足音が聞こえたのは、そのときだ。

複数だ。まとまってこっちへやって来る。

自分を捜しに来たんだ、と思った。たったひとりの子供がいないのは、すぐにわかる。

帰すな。生かしてこの村を出さすな。

カナンは武器を捜した。小弓はあそこへ落として来たが、矢は残っていた。それを摑んで腰だめに構えた。夢中で部屋の奥へと走った。

足音が止まった。

家の真ん前だ。ひとつ戸口へ向かって来た。ああ。

容赦なくドアが開いた。

影が入って来た。

見廻して、

「いねえべ」

と言った。

カナンは血が凍った。ミレーユに言われてはいたが、万にひとつ——と思っていた。だが、それは村人の声であった。

入って来るかと覚悟したが、ドアはそのまま、足音も遠ざかっていった。

ドアの陰から出ても、安堵の息は出なかった。

外に静寂が戻り、長い時が経った。

まだ闇に包まれてはいたが、音はしなかった。

裏口のドアに近づき、カナンはそっと押した——。

3

ここで少年は失神したのだった。

「それから何が起こったのか」

左手がつぶやいた。

「何処にも傷はない。〝もどき〟の兆候もなしじゃ。さて、村の連中は何者じゃ？　死んでいる貴族――では、生きている貴族とは？」

答えはない。

Ｄにとっても大いなる謎に違いない。

喉を嚙み破られた貴族というのはいる。貴族同士の戦い――ほとんどは領土と獲物を巡るものだが――では、ごく少数ながらも血の吸い合いの結果、首が落ちる寸前の犠牲者が記録されている。

これは貴族の生命の根源にかかわる問題だ。貴族が貴族に致命傷を与えられたらどうなるか？

死ぬ。滅びはせずに死ぬ。塵と化すことはなく、心肺は停止し、呼吸は止まり、やがて腐敗していくのだ。例によって、原因は病理的なものではない。貴族が貴族の牙で人間並みの傷を負うと、人間のように死んでいくのであった。

だが――心臓を射抜かれても滅びないとは別の話になる。

喉を食い破られても死なず、さらに不死のレベルが上がるとなると。

「別の貴族になるのか――はて」

Ｄは昏々と眠り続けるカナンに眼を向けて、

「彼を生きて返したのは誰だ？」

「話に出て来た娘ではないのか」

「そう思うか？」

「いいや。手を下した者も目的もわからんか。やれやれ」

「いつものことだ」

「少なくとも村の連中が貴族の仲間だというのはよくわかった。迂回（うかい）して行くべきじゃ」

「道があれば、な」

「なかったら？」

「突っ切るしかなかろう。それに」

低く消えたこのひとことに、何故か、怯えを含んだ声で、

「――それに」

と左手が訊いた。

「引き揚げるとき邪魔だ」

静かな返事であったが、一拍置いて、

「何てことを――ときどき別れた方が幸せだという気がするわい」

「そうするか？」

「起こすか」

左手の声は、カナンの方を向いた。

左手が額に触れた。反応はあったらしい。

「ややや」

と呻いた。

Dの視線も少年に突き刺さった。

「起きんな」

左手は離れた。カナンの眼は閉ざされたままである。

「起こせんか？」

「やれば出来るが、かなり負担がかかる。後々まで遺るかも知れんぞ」

「これも、記憶の家を出た後のための処置か」

「間違いあるまい」

沈黙が三人を包んだ。

「置いていくかの？」

嗄れ声が苦いものでも口にしたように訊いた。

「わしらがいなくなってから眼を醒ましたら、何をしでかすかわからぬぞ」

「では」

平然たるDの口調が空気を凍てつかせた。

「やめい。治癒する可能性もある。連れて行け。わしが責任を持つ」

「その言葉、忘れるな」

このひとことの恐るべき重さに比して、声は穏やかで冷たかった。いつものように。

明けてすぐ、Dはカナンを馬に乗せた。眠ったままの彼に、左手が一種の催眠術をかけたのだ。いまのカナンは簡単な動きのみの操り人形にすぎない。

ゆっくりと進み、昼近くに村の家が見えて来た。その彼方の丘にそびえる城は、ひどく年老りて見えた。これも貴族の懐古趣味かも知れない。

村の周囲は幅三メートルほどの流れが囲んでいる。侵入者への用心だ。

柵の上から、四人の村人が火薬銃と連射弓を向けていた。

「旅の者か?」

年配のひとりが訊いた。

「そうだ」

とD。

「この村の先には、何にもねえ。とっとと帰れ」

「用がある」

「――どんな?」

四人が顔を見合わせ、疑惑の霧に包まれた。

「ターケル城にだ」

三人の視線が年配の男に集中した。男は固く唇を結んで、

「行くのは構わんが、戻った方がいい」

と言った。

「何故だ？」

「あの城は、訪れた者はいるが、帰って来た者はひとりもない」

Dの左手が、かたわらの鞍にまたがったカナンを示した。

「忘れてはいまいな。たったひとりの生存者だ」

どよめきがやって来た。

「生きていたのか」

低い呻きをDの耳は聞き取った。すると、カナンを送り出したのは、村の者ではないのか？

「どうしても、城へ行くのか？」

「そうだ」

男たちはまた顔を見合わせ、年配の男が、

「架けろ」

と命じた。

扉が倒れ、流れの上に架かった。橋を兼ねている。Dは村へ入った。

一〇名近い村人が、柵の上の連中と同じ武器を構えて迎えた。臨戦態勢である。いま戦いになったら、Dはともかくカナンがやられる。

しかし、

「いい男だなあ」

ひとりが頬を染め、他がうなずいたとき、通りの奥から、白髪の老婆が駆けつけて来た。杖(つえ)をついているが、肌の艶(つや)と眼の鋭さは若者に劣らない。後ろに若い女がひとりついている。

それでも、ふうふうと息を切らしながら、じっとDを見て、

「あんただね、〈辺境〉一の貴族ハンターってのは」

と言った。

「ターケル卿の城へ行く」

「そうかい、卿もお待ちだろうさ。あたしは村長の女房のサンドラだよ」

「休ませてもらいたい」

「いいとも――オージェ、世話をしておやり」

「はい」

うなずいた顔は、他の村ではついぞ見かけぬ優雅な多彩色のドレスにふさわしい美女のものであった。

村の中心部と思しい地点の一軒家が、Dたちの宿であった。

広い居間と寝室、キッチンも整っている。サイボーグ馬用の小屋も隣接していたが、Dは外の柵に手綱を巻いた。

「どうして小屋に入れないのですか？」

オージェが訊くと、

「わしらよりずっと勘がいいのでな」

いままで耳を潤していた冷厳荘重な声との差に、オージェは固まってしまった。

「昼ひなか、おかしな連中が来れば、たちまち騒いで教えてくれる」

昼ひなかというのは、程度の差はあれ、夜よりも昼が苦手のダンピールを襲う場合は、圧倒的に陽の高いうちを選ぶからだ。勿論、敵は人間か〝もどき〟に限られる。

Dの声にようやく我に返ったオージェは、

「いま、お昼を用意します」

と声をかけたが、

「この子の分だけ頼む」

そっけなく伝えて、Dは居間へ入った。

カナンもぼんやりと続いて、ソファに横たわる。Dは肘掛け椅子にかけた。背の一刀は椅子の右側に立てかける。右利きなら左に置くものだが、彼にはどちらも同じことなのだった。なら、左より右のほうが近い。

「おかしな村じゃの」

左手が楽しそうに言った。

「村人も異常なしだが、随分と贅沢な暮らし向きだ」

それは、ここまで来る途中の様子を見ても明らかであった。村人には〈辺境〉特有の暗さが乏しく、服装も家々も新品としか見えない。

「まるで、理想の村のモデルじゃ。自分たちで手に入れた生活ではないな」

「お仕着せだ」

とD。

「何もかも与えられたものというわけか。あの城の主からの」

居間の窓から頂きの城が見える。青空に白い雲が小猫のように遊んでいる。観光地にしたら人気が出るだろう。

「あの娘に訊いてみるかの？」

「村長の女房は、それも承知の上でおれたちの世話を任せた」

「ふむ。術をかけたら、あの娘の身に何が起きるかわからんか。意外と手詰まりじゃな」

そこへ、オージェが顔を出した。両手に円筒のついた金属の箱を持っている。

「いま、サンドラさんから連絡がありました。昼食が済んだら、お二人を村民センターへご案内するようにと」

「了解了解」

と嗄れ声が言い、美しい娘は憮然たる顔つきで去った。すぐに左手が、

「電話機じゃな。〈辺境〉で見たのは、久しぶりじゃや。こりゃ、何処かの家からミサイルでも射ちこまれるかも知れんぞ。ま、村の大物たちがいる席だ。そんなこともあるまいがな」

「あるまい、か」

とDは言った。

〈辺境〉では最も虚しい言葉のひとつだった。良きにつけ悪しきにつけ、それは口にした者の思惑と必ず違う結果を招くのであった。

「カナンはどうだ？」

Dは立ち上がって、カナンのそばへ行った。

「うむ、そろそろ敵の毒気も薄れたようじゃ。眼を醒まさせるか」

だが、左手が少年の額に人さし指を押しつけると、彼は両眼を開け、すぐに閉じてしまった。

「まだ、身体が記憶を怖れておるの」

「お待ちどおさま」

オージェがトレイを運んで来た。温かいビーフシチューとライ麦のパン、三色の唐辛子である。〈辺境〉の地は秋に入ると急速に冷えこむ。東西南北を問わず、食事には全身を灼くよう

な唐辛子が並ぶ。

だが、Dは、

「一緒に連れて行く」

と言った。

オージェは驚きの表情になって、

「ここで眠らせたら？　私が戻って世話をします」

頬を染めているのは、唐辛子のせいでも感情の昂りのせいでもない。

「おまえもこの村の人間じゃ」

左手が鼻先で笑い、すぐにひええ、と呻いた。オージェが睨みつけたのである。

「そのとおりだ」

とDがつけ加え、娘は沈黙した。その眼に涙が滲むのを、Dは気づいたかどうか。オージェは足早に居間を出て行った。

「背中が震えておるぞ。あれは怒りか、泣いておるのか？」

返事は無論ない。

村民センターは光に溢れた造りであった。外見も田舎の——突如出現した村のものとは思えない。

「〈都〉でも、こんな洒落た建物はないぞ。デザイナーは人間ではあるまい」

感心しっ放しの左手と、椅子にもたれたDの下へ、九〇度腰の曲がった老人と、年配の村人たちが六名ほどやって来た。

武器を身につけているのは当然だが、雰囲気は妙に落ち着いている。どう見てもまともではないDを前にして、しかも初対面だというのに、意気ごんだところや、押し隠した殺意など狭霧ほどもない。いちばん若そうな青年が、

「あんたかい、〈辺境〉一のハンターというのは？」

「そうじゃ」

いきなり嗄れ声が襲いかかって来たから、全員が顔を見合わせた。

「そうだ」

氷の声が、一同を落ち着かせた。

みなが席に着くや、

「この村と城のことを聞かせてもらいたい」

とDが切り出した。

「その前に名乗っておこうか」

青年がうなずき、九〇度の老人をさし、

「村長のノデアだ。隣りが副村長のギタラチ、以下、隣りから書記のゴリンメウ、警備隊長の

ボラニク、村長のガード役トットンター。ラストは――」

　にやりと笑って、

「――おれ。若党頭のギークだ」

「Dだ」

最早知悉しているはずの村人たちが、どよめいた。名前と美貌とが改めて一致したのである。

未曽有の殺戮と美しさが。

「お城が目的というのは、監視役から聞いた」

村長がごにょごにょと言った。機械の声だ。喉は完全にやられているらしい。耳から二本のコードが胸の方へ落ちている。補聴器に違いない。

「誰の手になるものだ？」

Dが続けた。

「ターケル卿は名前しか知られていない。本人を見た者はゼロだ」

「放っといてお帰り」

と村長の声が言った。機械音だとわかっても、なかなかに渋い。

「あそこへ行って――」

「戻って来た者はない、か」

これは嗄れ声である。一同をはじめて殺気が包んだ。

第三章　辿り着けない城

1

「わしらを連れて行く気はあるのか？」

左手の呑気そうな声が、殺気を攪乱した。

「無いのお」

と村長の声が告げた。

「何度か近くまでは行ったのですが、行き着けないのです」

副村長――ギタラチが続けた。

「道が途切れているとか？」

「いえ。真っすぐ続いています。しかし、あと一分もすればというところで、いくら前進しても門の前まで行けないのです」

「空間がねじ曲げられておるな」

「何故、行く気になった？」

声が変わった。Ｄである。

「おまえたちの村は、城と同時に生まれたと聞いている。外部からの人間は受け入れるが、おまえたちから外へ出ることはない、ともな。それはすべて城によって衣食住を保証されているからだ。おまえたちは何者だ？」

「それがわからんのです」

黙って聞いていた書記――ゴリンメウが、呻くように言った。誰も彼を見ようとしなかった。声に含まれた苦悩を理解しているからだ。

「私たちは、ずっとそれを考えて来ました。しかし、そうとしかわからんのです」

「気がついたら、ここにいた」

若い声が、書記の悲痛さをねじ伏せた。若党頭のギークであった。

「おれたちの記憶はそこから始まり、いまだ結論に辿り着いていない。衣料も食料もある日、広場に届いている。誰がどうやって運んで来るのかもわからない。突き止めようと、広場の周囲に潜んでいたこともあるが、気がつくと品物だけが残っていて、その前後の記憶は完全に拭い去られているんだ」

「それだけか？」

「城へも押しかけたさ。だが、みなと同じだった。あと一歩のところで動くに動けない。進むに進めないんだ。ところが——」

若者の表情は霞がかかったように生気を失った。

「——ところが？」

と嗄れ声が促した。

「城から出て来たんだ。あいつが。仰天したよ」

「誰がじゃい？」

若者が口を開こうとするのを、

「やめろ、ギーク」

別人のように鋭い村長の声が止めた。ギークが次の言葉を呑みこんだのは、Dと同じ響きを聞きつけたせいかも知れない。

だが、同じ——遙かに凄絶な響きが、呪縛を四散させた。

「誰だ？」

とDは訊いた。

「じき、例の村だぜ。大分後れを取ったな」

馬上のラジュが、鞍のケースに差したライフルの柄を撫でた。

「だがよ、Ｄの野郎の目的は、ターケル卿の城だろう。おれたちはあの谷間か城にあるお宝だ。かち合うことはねえよな、兄――」

貴と言いかけて、巨漢はミスに気づいた。弁解に走ろうとする気分を必死に抑えつけて、何とか上手く収めた。

ダナムは黙々と馬を進めていく。あとの二人に、はっきりと安堵の色を認めて、ラジュは心臓の鼓動が収まるのを待った。

「娘はどうだ？」

注目の的――ダナムが訊いた。低いが、馬身ひとつ右後方のタギギが、あわてて右隣りのサイボーグ馬へ眼をやった。

リジヤは馬の背を抱くように身体を曲げて動かない。ターケル卿の護衛長――ヘルマに吸血されたせいだろうと、丸い四男坊は了解していた。なにせ、それまでは普通の人間だったのだ。貴族の血が混じればおかしくなるに決まっている。ましてや、あのヘルマって奴は。

理由もなく、不気味なものがタギギの胸中をかすめたが、彼はこう答えた。

「大丈夫だ、何ともねえ」

ダナムはうなずきもせず、

「ヘルマてのは斃したが、あれはおれたちを甘く見ていたせいだ。新しい攻撃を受ける前にと突っ走って来た。夜明けにはもう少し間があるが、行くぞ」

「おお、神様」

と馬上でラジュが祈りを口ずさんだ。彼自身の信じる神が何者か、誰も知らない。お互いさまなのだ。

二〇キロも走ったろうか。道の左右が急に切り立った崖の様相を帯びはじめた。

「おかしいぞ」

ダナムが馬を止め、兄弟もそれに倣った。

「確かに街道は――」

と最後尾のタギギがふり向いた。首だけが廻ったのか、全身が回転したのか、よくわからない。

「無い！」

と叫んだ。

「みんな――道が消えてるぞ！」

確かに荒原を導いて来た街道が、跡形もなく消えているではないか。

「術にかかったか――油断すまいと気ィ張ってたのが裏目に出たぜ」

とラジュが呻いた。右手は化物ライフルを摑んでいる。

「どうする？」

セイゲンが訊いた。静かな声にも緊張の色は拭えない。

「引き返すか？」

とセイゲンが続けた。ダナムはふり返って、

「タギギ——女はどうしてる？」

少し間を置いて、

「あーっ、いない！」

サイボーグ馬の背に、リジヤの姿はなかった。

ラジュがちっと舌を鳴らした。

「やっぱり——操られていたか」

「いいや、あの女の意思だろう」

異議は出ない。ダナムの現状認識は冷徹そのものだ。そして、間違っていない。これまでと同様に。

「貴族の血の伝播を甘く見過ぎていた。おれたちは、あの女の妖術圏内に捕らわれているんだ」

「どうするよ、兄貴？」

とラジュ。

「これまでの距離からして、恐らくここは、ターケル城の下にある谷間だ。水音も聞こえるだろう。例の大地震で出来た谷間なら、当時の貴族の宝物やメカが転がっているかも知れん。そ

っちにも気を配りながら行け」

「よっしゃ」

ラジュがライフルをひと振りし、タギギも跳び上がった。セイゲンはうなずいただけだが、眼には闘志の光があった。長兄のひと言は、全員に活を入れてのけたのだ。

「行くぞ。タギギ——女がいなくなったのは、おまえの責任だ。後ろ半分をカバーしろ」

「ほーい」

丸っこい身体が威勢よく跳ね上がり——

「れれれ」

と空中で、一同の前方を指さした。

「どうした？」

とダナムが眼を凝らしたが——何も見えなかった。

「前方下り約一〇〇メートル下——川のほとりの岩の間に、何か光ってるよ。黄金だな」

「行くぞ——だが、誘いかも知れん。気を抜くな。まず、自分の身を守れ」

返事はない。居場所を確認される怖れがあるからだ。音だけが頼りの殺人生物も棲息可能な土地であった。

一同は眼前の坂を下りはじめた。

その前に、タギギがおかしなことを開始した。ごおごおと音をたてて、息を吸いこみはじめたのだ。

丸っこい身体が完全球体となったとき、腰のワイヤの鉤(かぎ)を鞍に引っかけ、よいしょと鐙(あぶみ)を蹴った。

遠眼にはアドバルーンか気球としか思えまい。彼は一気に二〇メートルも浮き上がって、停止したのである。

「道の脇や崖の上におかしな奴はいない。進め」

この場合、このガス体ともいうべき四男坊は、偵察用の気球と化したといえるだろう。これで自由航行の力を備えていれば、ドローンだ。兄弟はまことに便利な眼を備えたといえる。

かなり急な坂を下ると、川辺に出た。水の流れは向う岸まで霞(かす)ませている。幅三〇メートルはあるだろう。しかも、速い。

ダナムは空中の四男に向かって、

「餌を投げろ」

と命じた。

「あいよ——」

返事より数秒遅れて、小さな魚くらいの物体が幾つも水しぶきを上げた。

突然、流れを弾(はじ)いて巨体の影が躍り出た。人間の可視外だが、兄弟たちにははっきり、巨大な鱗(うろこ)で覆われた大鰐(おおわに)と見て取れた。尻尾(しっぽ)の先まで入れれば一〇メートル超の巨体が跳躍し、身をよじって水中の撒き餌に躍りかかる迫力は、さすがの宝捜し屋たちも声を失う凄まじさであった。

しぶきは竜巻となって舞い上がり、崩れれば波と化して岸辺を襲った。

サイボーグ馬の足下に迫ると見た刹那、

「坂を上がれ！」

ダナムの叫びに、当人を含めた四騎馬は下がった。前を向いたまま！

黒い巨体が水に乗って近づいて来た。

「任せろ」

と馬ごと停止したのは、ラジュ・ゴーントであった。

化物ライフルを右手で肩づけるや、引金を引いた。

銃声は音ではなかった。轟きであった。生木を引き裂く稲妻のどよめきは、大鰐の脳天と背骨を射ち砕いた。黒血の噴水を月光が映した。

ちょうどこのとき、村民センターにいたDが、ふと窓の方——遙かなるこの地へ顔を向けたのは、雷鳴のごとき轟きの一片を聴き取ったものか。だが、村は昼、ここは夜ではないか。

一度痙攣したきりで、巨体は動かなくなった。その眼へ、鼻孔へ、口腔へ、肛門へ、黒いウナギ状の水棲食肉虫が、束になって潜りこんでいく。無敵の装甲の守りを失った鰐が骨になるまで二分とかかるまい。

「凄え銃だなあ」

いつの間にか降下して、サイボーグ馬の背にまたがったタギギが感嘆の声を上げたが、

「おれの腕はどうでもいいってのか？」

ラジュに凄まれ、

「あれれ。いや、腕前はいつものとおりだよ」

大鰐のサイズと装甲の硬さからすれば、ライフルがどんなに重くても、反動は途方もない。反動消去装置がない以上、銃身は垂直に虚空を仰ぐはずだ。それが、数センチ止まりだ。ラジュの膂力は人間離れしていた。

「川っぷちに寄るな——行くぞ」

日常茶飯事のひとつでも片づけたような調子で、ダナムが号令をかけた。

いまやごおごおと、しかし、何事もなかったように流れる水に逆らいつつ、上流へと向かう三騎と、上空の人間気球はこちらも悠然と月光の下を進んでいく。だが、この道行きは、生死の分岐点で行われる危険この上ないものであった。

「そこだ——」

空中の声が示した川べりの地点が、彼らの足を止めさせた。黄金と呼ばれた場所である。

月光が、闇を積み重ねたような石塊の間に、その色彩を輝かせていた。

「タギギ——出番だぞ」

ダナムが言い終えると同時に、石塊の上に丸っこい形が舞い降りて、じろじろと眺め、終いには手を触れてすぐ、

「うん、ここだな」

と言った。

他の三人は五メートルほど距離を置いて見つめている。闇が緊張の表情を隠していた。

「よいしょ」

タギギはてっぺんの大岩の、下の岩との接触部分に手を当てていた。

「ほい」

その身体が完全球体と化した。そして、手を当てた部分をめくり上げるように動いたのである。

岩はどう見ても五トンはあった。丸みのかけらもない分厚い平石であった。それがあっさりとめくれた。そこへタギギが、ごおと息を吐いた。あり得ない現象が生じた。

岩は一回転して、腹の底が痺れるような重い音とともに、地上に落ちた。

「いいぜ」

と、少しは人間の形に戻ったタギギが岩の下を指さした。

三人が下馬して石塊の下を覗き込んだ。その顔を黄金の光が染めた。セイゲンが眼を細めて、

「マスクだな。その下は槍だ。コレクションがまとめてここへ吹きとばされたんだろう」

「かさばりそうだな」

「槍くらいいーじゃん」

とタギギが、宝をなお取り囲む岩のひとつに手をかけた。

「よいしょ」ごお。

そして、何トンもありそうな塊が滑り落ち、こらしょ、どっこいしょと唱えるうちに、輝く宝物が月光の下に身をさらした。

その中から二メートル近い、宝石だらけの槍を摑み出し、

「後は任せるよ」

と言うなり、球体化した四男は、またも空中に舞い上がったものだ。

「どうだい、兄貴？」

ラジュが、黄金のマスクを手に取って眺めるダナムに声をかけた。

「大層な品だが、荷物になるだけだ。置いていけ」

宝捜し屋とは思えない、或いは宝捜し屋ならではの指示だが、億は下らない黄金の仮面を、

「あいよ」

あっさりもとの位置へ放った次男も底が知れないし、それを気にもとめぬ風の三男坊も大したものだ。

そのとき——

った。

夜明けが近いとはいえ、いまだ漆黒の夜の奥から、確かにしなやかな影が、川の向う岸に立

空中から丸い声が緊張を伴って落ちて来た。

「川の向うから来る——女だ！」

「あいつだ、リジヤ」

ラジュの声には、単なる認識以上の驚きが含まれていた。

水辺に立つ女の顔はリジヤに間違いない。だが、その頭部には黄金と宝石に飾られた小冠（ティアラ）が載せられ、まとう衣裳（いしょう）も七色の糸を織りなしたドレスだ。〈辺境〉の農民の娘は、別世界の人間（キャラクター）として戻って来たのだった。

水音の向うから、聞き覚えのある声が流れて来た。

「待っていたわ。いらっしゃい」

と。

「おまえ——城へ入ったな？」

とダナムが訊いた。低声だが、届いたようだ。リジヤがうなずいた。

「そうよ。あなたたちもいらっしゃい。信じられない宝が待っているわ」

「おまえは——前のおまえか？」

「わかりません。教えて下さいな。そのためにも、来て」

「橋でもあるのか？」

「はい」

リジヤは右手をふった。

川の流れが乱れた。

水の底から平たい板状のものが、水面すれすれまでせり上がって来たのである。

「昔、何本も架けられていた橋よ。そのうちのひとつを、いま復活させてみたの」

「宝庫への架け橋ってわけかい」

ラジュが笑った。手綱を掴んだ左手に載ったライフルは、真っすぐリジヤに向いている。

ためらいもせず、三人は橋を渡った。タギギは空からついて来る。

川を渡ると、橋はみるみる沈んでいった。

「真っすぐ城へ行けるのか？」

ダナムが訊いた。

「はい。ご案内します。ただし――」

「ただし――」

「みなさんの希望の地かは存じ上げません」

「面白い」

ダナムが白い歯を剝いて笑った。

「そのくらいでなきゃ、来た甲斐がねえぜ」

ラジュがライフルの銃身を叩いた。

セイゲンは無言。

空の上から、はーい、と聞こえた。

「――では」

リジヤが背を向け、闇の奥へと歩き出した。虹色のドレス姿にぞろぞろと続く三騎は、何処か不似合いであった。

2

「あんたが連れて来た小僧だ」

とギークが、苦々しく応じた。

「彼は記憶を失くしている」

とD。

「この村で酷い目に遇ったらしいのお」

と左手が言った。嫌味ったらしい。カナンは隣室で眠っている。

「遇わせたのは誰かのお」

「知らんな」

ギークの眼の光と口調が、この答えを否定していた。しかし、全員がうなずいた。

「じきにわかる」

とDは言った。

「あの城へ行けばな」

声を失い、しかし、何も出来ぬ男たちへ、

「ひとつ訊きたいことがある」

と左手が言った。

「何じゃね?」

こういうときの代表は村長だ。

「おまえたちは、〝もどき〟か?」

「……………」

「この村が出来たのは──城と同じだ。それ以降、村人の新陳代謝はあったのか?」

「……………」

「ない、のだな?」

とDは一同を見廻した。

「おまえたちは、それから三千年を生きている。〝もどき〟なら血を求める。だが、近隣の村で犠牲者はひとりも出ていない。血は供給されているのだ、ターケル卿から」

「おまえはお館様を討ちに来た」

と村長は言った。

「だが、それは許されんことだ。わしらは城とお館様のお蔭で生きておる」

「生きておる？」

左手が、あるのかないのかわからない鼻を鳴らしたようだ。Dが続けた。

「血はどうやって賄われる？」

またもや殺気が室内を満たした。

「おまえたちに興味はない」

とDは言った。

「あの城の主人と関係があるから訊いているだけだ」

「……………」

「〝もどき〟の集団を血の調達先として囲う貴族はいる。だが、おまえたちは違う。ただの〝もどき〟ではあるまい。他人を襲わぬ〝もどき〟として成り立っている。血は城から届けられるのだな？」

「そうじゃ」

と応じたのは村長であった。全員の視線を浴びながら、こう続けた。

「――と言いたいが、違う。わしらは血など必要としておらん」

「ほお――では昼ひなかから出歩き、血も飲まず、人間並みの食生活を送っている。ただし、年齢（とし）は取らんというわけか？」

左手が訊いた。

「そうなるかの」

「ふーむ、それは面白い。ますますあの城へ出向かねばならぬ気分になって来たぞ」

ここでDが、

「過去に調査隊が来た。人間の調査隊はともかく、貴族のはどうなった？」

「帰ったわい」

間髪を容（い）れぬ返事であった。

「貴族だけではない。人間たちのものも、おとなしく帰還したはずじゃ。城へは入れなかったようじゃがな」

「すると、城へ入ったのは――」

Dがふり向いて、カナンを呼んだ。ささやくよりやや大きな声だが、誰もが届いたと理解した。

返事はない。

Dは流れるように立ち上がって、ドアを開けた。

少年の姿はなかった。

「これは驚いた。おまえにもわしにも気取られず、あいつをさらっていくとはの。はてさて、誰の仕事じゃい？」

誰にせよ、只者であるはずがなかった。

Dは広間へ戻った。

村長たちはもとの位置で、身じろぎひとつしなかったように見えた。

「三人足りんの」

Dにもわかっていた。

若党頭のギーク、警備隊長のボラニク、書記のゴリンメウである。

左手が上がった。手の平に小さな唇が突き出て、ふっと息を吐いた。

村長の首が落ちた。

もうひと吹き。

副村長の首が落ちた。

村長のガードマンの首も。

血は出ない。一滴も。最初から流れていなかったのかも知れない。

「灰にもならんな。こいつらを殺した三人を含めて、この村の連中——かなり特殊な例じゃぞ」

「行くぞ」

とＤ。

「だが、急がんとな。村の連中はすべて敵じゃ」

外へ出た。

サイボーグ馬の姿はない。

「殺られたかの？」

Ｄは口笛を吹いた。

二〇秒と待たずに、それは西の道から現われた。

「襲われたが、逃げたか――おまえが乗ると、ただのサイボーグ馬も危険を察しやすくなるらしいの」

Ｄは鞍にまたがった。

「カナンはどうする？」

「後だ」

非情に言い捨てて、Ｄは馬首を巡らせた。

Ｄたちの隣室に入り、ぼんやりと壁の絵を眺めているうちに、猛烈な眠気がカナンを襲って来た。

平凡な農婦の絵であった。横を向いた顔が急にこちらを見たが、気にもならなかった。絵の中でも皺くちゃの顔が立ち上がり、こちらへ向かって来た。

気がつくと、森の中にいた。

深い、とひと眼でわかった。まだ日は高いのに、木立ちの奥まで見通せない。何よりも音がしない。生きるものの声、気配もなしだ。

カナンは横になったまま、周囲を窺った。

当面、近くに敵の――生きものの気配はない。

身を屈め、足下の石をふたつ拾い上げ、ひとつをポケットに入れた。手にした分は、即兵器だ。緊張が血管中を流れていく。

そのとき――歌が聴こえた。女だ。美しく、冷たい声が、甘美なメロディを――

危ない――と記憶がささやいた。

この声の主は――あいつだ！

それは誰だ？　と問い返した。閃きは刹那に消えている。

カナンは声に背を向け、小走りに進んだ。足の裏に時折、痛みが走ったが、気にならなかった。

やがて、木漏れ日の下に長方形の石碑が並んだ場所に出た。

「墓地かよ」

思わず口を衝いた。

「そうだ」

答えたのは誰かと思ったら、自分だ。

記憶はまだ戻っていない。ただ、何が起きるのかは想像できた。日暮れはいつか？

逃げればいい。だが、足は前へ進んだ。

進むにつれて、石のこすれ合う響きが、四方の闇に響きはじめた。地上の墓碑――石の蓋が滑っていくのだ。

見ずに歩いた。地中から起き上がった影たちが立ち上がる。瘴気がカナンを包んだ。

前方に影が立った。

「何処へ行く、カナン？」

名前を呼ばれた。

「誰だ？」

と訊いた。

「ジャルサだ――おまえと同じ調査員だった」

「ああ」

思い出せなかったが、そう答えた。

「何をしに戻って来た？」

「――わからない。無理矢理連れて来られたんだ」

「何にせよ、ここに来た以上、覚悟は出来ているな？」

カナンの武器は二つの石だけだ。

それなのに——足は止まらなかった。確実に草を踏んでいく。

「待ってたよ、カナン」

右側で聞こえた。

「おまえだけ助かりやがって」

これは——ルークだ。近づいて来る。

地獄へ落ちた連中が、自分も連れて行こうと——

冷たい手が両肩に触れた。

囲まれている。

冷たい風が頬に当たった。みなの吐息だ。

「何故、おまえだけ助かった？」

「おれたちに加えたときから、おまえは変わっていた。何故、加えたのかわからない」

「バルサ団長がこいつを見かけて連れて来たんだ」

別の声が言った。

「そうだ。団長——どうしてですか？」

「覚えておらん」

影たちの奥から流れて来た。他の声に比して穏やかだが、異界の冷たさは同じだ。

「何かが違っていた。おお、顔に浮かんで来たぞ。その刺青(いれずみ)はなんだ？」

影たちが後じさった。

カナンは頬をこすった。

これは——生まれたときからだ。いつもは消えているが、身に危険が及んだとき現われる。

——だから、平気で歩けたんだ
「はじめて見た。その香料の匂いは——あの方からもした。おまえ、館へ入ったのか？」

獣のような声を上げて、クルトが襲いかかった。続いて数人——少年の身体は影たちに呑みこまれた。

その後に生じた戦いの様を語るのは難しい。

翼を持つ巨大な影がその一角を覆い、苦鳴と、様々な形が飛び散った。手が足が胴体が首が——そして黒い血が。

陽光は静かにその光景を映し出した。塵(ちり)と化していく人体と、その中央に茫然(ぼうぜん)と立ちすくむ少年とを。

これから何をしたらいいのか——カナンはぼんやりと考えた。

森の奥から別の影が近づいて来たのである。白いドレスをまとっているのは、間違いなく女であった。

頭も鼻から下も覆っているため、顔はわからない。だが、記憶が甦った。

「おまえは――ブリギット？」

「そうよ。あのとき、おまえを城へ導いたのは私。今日、村から連れ出して、ここへ置いたのも」

「どうして？」

「足手まといどもを処分するためよ」

「――調査団の人たちを……」

「彼らには彼らの用があったけれど、それも済んだ。行くわよ」

「――何処へ？」

「卿の城よ。他にある？」

女の手が少年の手を握った。調査団の連中が放っていたものとは比べものにならない冷気が脳まで突っ走って弾け、カナンは意識を失った。

遠くで水の流れる音が聞こえた。

3

「いかんな」

左手が笑いとも取れる口調で、前方の闇を見つめた。

約一〇メートル。誰もが足止めされるという地点で、Dも停止を余儀なくされているのだった。

「やむを得ん。次元破りといこう」

左手の申し出に、Dはうなずいた。

門まで一〇メートルの空間は、次元操作によって現状は歪曲され、実は数万キロも隔たっているのだった。空間の端をつなげば、光景もつながる。Dが眼にしている門は数万キロ彼方にあるのだった。

左手の平に、小さな口が生じた。

Dの肩のあたりに持ち上げられるや、それはごおごおと音をたてて、周囲の空気を吸いこみはじめた。そして、口腔の奥に青い炎が見えたではないか。

次元の壁さえ崩壊させるべく、左手が集合させた四大元素――地水火風が、またも奇蹟を生じさせる――だが、それはならなかった。

突発的に吸引は熄んだのである。炎も消えた。原因は――無論、Dも承知の上だ。

城の扉がゆっくりと開いていったのだ。

何処からともなく、声が聞こえた。低くて重い――城主のものだ。

「特別の客らしい。拒むわけにはいくまい」

「危険な客かも知れんぞ」

と左手が応じた。勿論、途中でやめないだろうと踏んでのひと言だ。

闇の下で扉は開いた。これからは貴族の時間とはいえ、夕暮れ前に入城を許すというのは珍しい。Dの正体を知ろうと知るまいと、不動の自信があるらしい。侵入者殺戮の自信が。

Dは城の前庭に乗り入れた。

庭といっても単なる広場としか見えないが、左右の胸壁に開く銃眼からは、何時でも灼熱のビーム砲が、侵入者を焼き尽すに違いない。前方への道を塞げば、侵入者殲滅の第一拠点であった。

だが、熱波の一閃もなく、Dは城内へ入った。

広いホールであった。

耳に心地よい調べが流れて来た。三拍子——ワルツだ。頭上から斜めに落ちる仕切りと、白いカーテン。その向うには、楽器を備えた楽士たちの影が見えた。

それが幾つもある。

「三十二人じゃ」

と左手が言った。

「三だ」

とD。こちらも数えていたらしい。

「ふむ――しかし」

左手の声に合わせるように、広間の前方の扉から、長身の男が入って来た。

黄金色のケープには、天井から洩れる淡い光が、宝石のようにちりばめられていた。

男に影はない――無論。

「ターケル卿か？」

Dが訊いた。

「おれはD――ハンターだ」

「存じておるとも。その美貌、身のこなし、そのくせ見せかけの鬼気など一片もない――そんな男は〈辺境〉広しといえども、ひとりしかおらん。わしがターケルだ」

「一命を貰い受ける」

とDが言った。聞いた貴族を例外なく凍りつかせたひと言であった。

「――だが、何処にいる？」

と続けた。

「ほお、わかるか、さすがだ」

「わしも知っておるぞ。この3D貴族めが」

眼前のターケル卿が、実体ではなく、電子像だと言いたいらしい。

「信じてもらえるかどうか――わしは逃げ隠れはせん」

「偽者を寄越して何を言うか」

「時が来れば、いつでも刃を交わそう。だが、時はまだ来ておらん」

「なら、何故、おれたちを入れた？」

これはDである。

「この城とわしについて聞いておるか？」

「世に出廻っていることは」

「それ以外を知らせよう。そして、教えて欲しいのだ。わしがここにこうしている理由を」

「おかしなことをぬかすのお」

左手の声は呆れていたが、揶揄の響きはない。本当だと悟ったのだ。

「下の村の連中も、自分たちの生きる意味を知らぬ、知りたいと口にした。彼らを生かし続けているおまえもか？」

貫くようなDの問いであった。

「わしがいまの城を築く前に、大地震が崩壊させた別の城があったのを知っておろう。あれがすべての元凶なのだ」

左手が軽蔑の響きを隠さず、

「はっきりとは知らぬとは、それでも領主か」

「それも誰かにあてがわれた役割だ。しかし、そうではない、と別の声が囁きよる」

Dが訊いた。

「誰かとは、おまえか？」

「そうだろう。わしは何故ここにいるのか？　領主をし、下の村の者たちをどうするつもりなのか、皆目見当がつかぬ。だが、これまで何をしたのかは記憶にある」

「人間と貴族の調査隊を処分したことか？」

卿はうなずいた。濃い翳が、男らしい顔に広がった。

「あのとき――わしは貴族そのものであった。人間の死と他の貴族の滅びとを共に愉しんでおった。しかし、それもすぐに醒める。あの熱狂がいっそ留まっていてくれたらと、思わぬこともない」

「荷厄介な性格じゃのお」

左手は呻いた。別に同情の風はない。感想ともいえぬ単なる指摘だ。

卿が薄く笑って、

「全くだ」

と言った。

「ついて来い」

身を翻すと広間を出て淡い月の光の下を歩き出した。Dが続く。どちらも足音をたてなかった。

ワルツが追って来た。

「ところで」

と左手が放った。どちらへ向けたものか。

「――もう夕暮れどきかの？」

すぐに返事はなかった。まさかの問いだったのである。

「ほお」

と卿が応じて、Ｄの方を向いた。正確には左手の方を。

「――わかるか？　二つの時間が？」

「ああ。貴族には簡単な仕事かも知れぬが、結果は双方に危く出るぞ」

背景のシンバルが音を高々と舞い上がらせた。火竜の咆哮のごとく。


どうやら目的地らしい地点に辿り着くまでに、兄弟は様々な品を発見した。絶対金属で出来たモーター、傷ひとつない長銃は古代の品を模したレプリカだが、〈都〉の市場に出せば、十万ダラスは下るまい。

モーターなど、動くとなれば、貴族のエネルギー源として、値もつくまい。〈都〉の倉庫へ無理矢理封入されてしまう。

「短銃もあるよ」

とタギギが惜しそうに言っても、

「いかん」

ダナムは譲らなかった。

「何でだよ、兄貴。おれたちは宝捜しなんだぜ。こんなお宝を見捨てちゃ仕事する意味がねえ」

不満をぶつけるラジュに、

「貴族のエネルギーを、おれたちが扱うのはまだ無理がある。モーターも銃も、見たところ古い形式（タイプ）のものだ。いまのなら執事や領民用にと、少しは安全装置も考えてあるが、そのタイプは、らしく仕上げてあるだけだ。いつエネルギーが暴走してもおかしくはないんだ」

こう言って、ダナムは弟を沈黙させた。

貴族の道具――特に動力装置や武器には、不死という自負が大きく関わっている。つまり、いかに危険なエネルギーが暴走し、それを止める術がなくても、死にはしないという理屈だ。

貴族の時代になってからしばらくの間、この増長による痛ましい悲劇は後を絶たなかった。

宇宙的エネルギーの取り扱い不備による爆発は、貴族の城のみならず、その領地を丸ごと蒸発させ、コントロールを誤った小惑星の落下は、小大陸の生物を軽く一掃してのけたのである。

ついに人間たちの第一次反乱が生じ、それが一千年に亘（わた）るに及んで、貴族たちは〝注意〟するようになった。見下し続けていた人間たちの、極めて原始的な攻撃によって、数万人の貴族が塵と化したためである。

　さっき見たモーターを人間が扱うと、頭上の月を難なく地球へ激突させる吸引力を発揮するかも知れない。長銃などはもっての他だ。エネルギー・パックのわずかな残りだけで、小規模な都市ぐらい易々と分子化してしまう。それを承知で高値で引き取ろうという商人たちもいるし、普段のダナムなら持ち去ったかも知れないが、今回は何故か、常識的な理由をつけて許さなかった。

「どうしてだ？」

　ラジュがセイゲンに訊いたのは、わざと馬の脚を遅らせて、一〇メートルも後ろの彼と並んでからだ。

「いい儲け道具じゃねえか。安全な使い方は、おれたちも知ってるんだ」

「万が一の一だ」

　セイゲンは、いつもの抑揚に乏しい声で言った。

「エネルギーが暴走したら、おれたちばかりかＤも危なくなる。兄貴はそれを怖れているんだ」

「しかしよお。何度も言うが、あんなに根に持つなんて、別の兄貴みたいだぜ。負けたら負けたでいいじゃねえか。生命まで取られたわけじゃねえ」

「あのとき、おれたちの知らない兄貴が生まれてしまったのさ」

　ラジュには弟の顔から闇が広がっていくように見えた。

「すれ違いざまのただ一刀——一閃で兄貴は生涯治らぬ傷を顔に受けた。どんな凄まじい戦いでも、負ったことのない傷をよ」

「何でえ。おれなんざ、全身傷だらけだぜ」

ラジュは、太い腕で簞笥(たんす)を二つ並べたみたいな胸をぶっ叩いた。

「胸と腹にゃ三三六個の銃創、背中には五六一、右腕はつけ根から腱ひとすじでぶら下がったこと七八回、左腕は少し遠慮がちに四〇回だ。右膝なんざ、全取っ換えが九回、左は七回だぜ。おめえだってガタボロだろ」

セイゲンは薄く笑った。この弟の笑いはよほど珍しいのか、ラジュの顔は薄気味悪そうにこわばった。

その背後で、セイゲンが引いていたタギギのサイボーグ馬の鞍に、どん、と丸っこい影が降って来ると、

「じきに石段がある。そこが城の通用口だよ」

と果てしなく明るい四男坊の声がした。彼は少し前に、何処へともなく——多分、虚空へと消えていたのである。

兄貴二人がふり返ると、さっき組み立てたばかりの小型運搬車の上で、何かにビニール・シートをかけている。

「何してる?　まさか」

と疑惑のひと睨みを与えるラジュへ、

「鞍の調子が悪いので、外したんだよーん」

とサイボーグ馬の方を見る。確かに鞍は外されていた。

「――ったく」

ラジュは舌打ちをした。実のところ、四人兄弟のうち、彼以外の全員は何処か得体の知れないところがあるのだ。特にセイゲンとタギギは要注意で、ラジュはこの二人を実は信用していない。裏切り以外の何をしでかすかわからないからだ。

やがて、ダナムが馬を止めた。それは案内役のリジヤが停止したということであった。

眼前に古い石段が上へ――崖上の巨大な城塞へと続いている。しかし――

「何段あるんだ、こりゃ？」

ラジュが憤然と歯を剝いた。

石段の左右にも下にも支え岩はない。石段自体が宙に浮いているのだった。

「千段きっかり」

とリジヤが言った。

「昇る他ございません」

結局、全員が昇ることに同意した。他に道はないと、リジヤが断言したのである。サイボーグ馬は下へ置いていくしかない。サドルバッグだけを肩にかけ、一同は石段を昇りはじめた。

このバッグは間のベルトを締めれば防弾ベストとしても使える。運搬車は――置き去りだ。

何とか昇り終え、鉄扉を抜けて城内へ入ると、

「凄いわ。千段を三〇分とかけずに昇り切るなんて」

リジヤは感動の声を隠さなかった。そういう自分も汗ひとつかいていない。貴族の口づけの成果だ。

「じきに夜明けだな」

とダナムが石の窓を見て言った。

「グッド・タイミングだ。防禦(ぼうぎょ)システムを破壊しちまや、稼ぎ放題だぜ。ひょっとしたら、この城の主人も生け捕りに出来るかも知れねえ。そしたら、前代未聞のお宝だぜ」

ラジュが化物ライフルを撫でながら舌舐(したな)めずりをした。

「おまえは、ターケル卿の指示で動いているんだな？」

こう尋ねたダナムの前で、リジャは無言であった。

「ここまで招いた以上、向うにも言い分があるだろう。夜が明けても、それくらいは聞かせてもらえるだろうな？」

「こちらへ」

奥のドアをリジヤは押した。作り出された長方形の向うには廊下が続いていた。

一同は次々とそこへ踏みこんだ。

第四章　多屍斉々

1

天井を壁を床を覆う鮮烈な図章を見廻していた左手が急に、

「この城は二代目であったの？」

と訊いた。

「左様」

と幻のターケル卿が応じる。この廊下を歩きはじめて、すぐのことである。

「前の城の主は誰じゃ？」

「ガーシェン男爵だ」

「ほお、あの物好きの佯狂めか。なあるほど、あいつの噂を聞かなくなったのも、この前の城が地震で破壊されてからという。滅びたのか？」

幻の卿は答えず足を進めた。

ガーシェン男爵――貴族の歴史の上で、これほど世人の口の端に上った存在はあるまい。自らを狂人と広言し、領地以外にも奇妙奇怪な建造物や生物を誕生させ、他の貴族との滅ぼし合いも辞さなかった男――一説によれば、あまりの蛮行をたしなめた〈神祖〉の暗殺さえ企て、二千年以上、恒星牢獄につながれていたという。

やがて自由の身となっても、貴族や人間との争いは絶えず、ついに保釈後五〇〇年を経て、時空間の外に秘めた墓所を暴かれ、心臓に白木の杭を打ちこまれたという。彼のこしらえた異形の建築物の幾つかは、なおも世界のあちこちに遺り、廃棄され、しかし、まだ原形を留めているものもあるという。つまり貴族と不即不離の〝ノスタルジア〟への憧憬もなかったのであり、それこそが、男爵の一大特徴とされている。

「人間の女と子供のみを捕えて、口から尻の穴まで杭を差しこみ、沿道にさらした。その距離五〇キロ、人数は三万を超した――ま、貴族らしい貴族と絶賛する者もおるがの。そしてその跡地に、何故か知らぬまま、おまえがおるというわけか」

左手の言葉はターケル卿に向けられていた。

返事を待たずDが言った。

「貴族の領地相続一切を取り仕切るのは、貴族院の役目だ。決定権はそのときの代表――大公クラスが持つ」

一説によると、いかな蛮勇を以ってなる貴族でも、単なる表現と理解しながらも、その領地相続の決定にはあたかも死刑宣告を受けた死刑囚のごとく血の気を失うという。これがそれらしかった。ターケル卿の幻は、何とも無残な表情を浮かべたのである。

「この館にも、ガーシェン男爵の翳はこびりついておるらしいの。ふむふむ――おっ⁉」

左手は口をつぐんだ。同時に二人の足も止まった。

前方に小柄な人影が立っていた。

「これはこれは」

と左手が口笛を吹いた。

それを聴いてか、或いはDを真正面から見てか、村娘と思しい少女は頰を染めて一礼してのけた。

「ミレーユと申します」

「役割は何だ？」

とDが訊いた。

「この娘は、人間だ。ミレーユにではない。下の村の者たちと変わらん。だが、決定的な違いがあった。弱者への労りだ」

答えたターケル卿へ、左手が言った。

「それは貴族とは無縁な代物じゃの。確かにこの娘のお蔭で救われた若いのを知っておる」

左手の声に、卿の幻は、

「本来、下の村の者たちは、わしの指示を鉄と仰いで行動するよう操作されておる。だが、この娘はそれを破ってのけた。さらに他の数名にも不穏な兆しがある」

「ほお、貴族に操られる者たちの反乱か。〝もどき〟なら言いなりのはずじゃ。何故、まともな人間を解き放ったのじゃ？」

「わからぬ。わしが何故ここにいるのかわからぬようにな」

そこへDの声が、

「それが知りたいか、やはり？」

「何の不安もなく永遠に生きることが、どのようなものか、考えたことがあるか？」

と幻は訊き返した。

「気がつくとここにいた。毎日の仕事もわかっている。だが、それは誰かに与えられたものだ。トラブルひとつない作業など、何の意味がある？」

「悩む貴族か。ま、おらぬわけでもないがの。しかし、村の人間たちに生きる糧を与えるだけの人生というのも、これは退屈そうじゃ。おまえ——前身はわからぬのか？　ターケル卿という名前がある以上——待てよ、それも付けられたものか」

「そうだろう」

「ふーむ」

左手は沈黙に陥った。それを破ったのはDであった。

「名の由来は？」

幻はかぶりをふった。

「貴族院の資料局に問い合わせてみたが、返事はなかった」

「返事がない？」

左手が、いままでとは全く違う口調になった。

「不明でも不詳でもなく、無視か。ふむ。それが返事なのかも知れんな」

「おまえは何故、カナンを助けた？」

いきなりDがその前を行くミレーユに訊いた。

「いちばん若かったから」

少女は眼を伏せて答えた。

「みなが血を吸われるのはわかってました」

「では――調査団の血を吸ったのは、誰だ？」

ミレーユは虚ろな眼差しを前方に据えた。足が止まった。Dと並んだとき、全身が痙攣に震えた。

「――わかりません」

と答えたとき、Dは数歩先を行っていた。

「何のために連れて来た？」

Dは卿の幻に訊いた。

「わしと同じように生まれ、しかし、その中の例外だとしたら。それは生んだものの意志ということになる。あの娘は異端児だ。ここで何かを解く鍵になるかも知れん」

「ふむ」

左手は納得したようである。一理あると思ったのかも知れない。

「だが、おまえたちを在るものとした存在の考えが、理解できるかのお」

左手の言葉は、数メートル前方で、巨大な鉄扉に砕かれて消えた。

ミレーユが近寄って押すと、それは不愉快な音をあげながら、開いていった。

広大な部屋であった。高さは二〇メートル超、縦横は一〇〇メートルもありそうだ。先程の広間よりも広大だが、楽団（バンド）の代わりに石柱や、鉄のクレーン、古風なメカニズム等が置かれている。

石畳のほぼ真ん中に置かれた椅子に、少女が腰を下ろしていた。ただの休息ではないことを、金属の椅子と、少女の被った鉄の冠、両手両足の枷（かせ）が告げている。

「誰だ？」

とD。卿の幻が応じた。

「下の村の住人だ。年齢は一八、名はトゥージャー——とは自己申告だが、そんなところだろう」

「何をするつもりだ？」

「戻すのだ」

Dの反応を待たず、幻は椅子を囲む装置のひとつへうなずいてみせた。

薄闇をまとった室内が青く染まった。

少女の頭上からの光は三条に分かれて、冠と手枷足枷に吸いついた。

「——何を？」

左手が訊く前に、

「戻そうとしておるのだ」

と幻は答えた。

「あの娘は、わしとミレーユと等しく、この世界に存在している。わしはその前の姿が知りたい」

左手が呆れたように、

「存在する前の姿か？　それは無であろう。阿——ぎゃっ⁉」

呆か、と続けるはずの言葉を、Dが拳を握り締めて止めた。

少女の身体は痙攣を示していない。青いエネルギーを返さず、受け入れているのだ。

「お？」

左手が小さく驚きの声をあげた。

少女の身体を通して、椅子の背や並んだメカが見えた。透明化している。

「戻れ、おまえの来たところへ」

幻の卿が呻くように言った。

少女は消え去った。青い光も消えた。

「あれでは行きっ放しじゃぞ」

左手が言った。そして、もう一度、おっ⁉と放った。

朧ろに、幽かに、しかし、少女の姿はもとに戻りつつあった。

「来たか⁉」

卿の幻は装置に右腕を向けた。

再び青い光が、今度は違う目的を課されて少女の三点に吸いこまれた。

「戻って来たか。そこで留まれ」

幻の叫びは祈りに近かった。

少女の姿が完全な実体となって、全身の力を失ったとき、卿の幻はミレーユの名を呼んで、少女を指さした。

彼女は従い、冠を取ってから、両手の枷を外した。

Dの眼がある光を放ちはじめた。

それが眼窩に満ち、同時に足枷が外れた刹那、異様な――獣に近い叫びとともに、少女は立ち上がり、ミレーユの喉を摑んだ。手には猛禽の爪が施されていた。

ミレーユの肉をえぐり取る前に、手首から離れたそれは床に落ち、同時に少女はDと幻を睨みつけた。

その唇に二本の牙が光っている。

床を蹴った身体は、そのまま宙を飛んで、一同が入って来た戸口から消えた。追う者はいなかった。

「何で行かせた――とは訊かんぞ。この城への異物混入か。何が起きるか見ものじゃが――放っておいてもいいのか？」

左手の問いに、卿の幻は戸口から眼を離した。

「少しはこの城も変わるかも知れんな」

と言ったところをみると、Dの意図を理解したと見える。

「消えた娘は貴族の眷属となって戻った」

Dの視線の先に、ミレーユが佇んでいた。

「私も――」

と娘はぼんやりとつぶやいた。

「もとは……あれだったのでしょうか？　貴族の一味だったのでしょう……か」

そして、運命の予感に打ちひしがれたかのように、夕闇が広がりはじめた石の床に崩れ落ちたのであった。


「うおお」

ラジュは歓声を上げて、石床に積み上げられた輝きを見つめた。

黄金の貨幣や宝石――それも、貴族しか作り出せないといわれる伝説の品ばかりだ。

「これは、マッケイの『三水遠望』だ」

セイゲンが壁の絵の下でつぶやいた。興奮の色がある。

「しかも、サイン入りだ。贋(がん)作も多いが、これは本物だ。だが、持って帰ることは出来んな」

「武器を使う邪魔にならない物だけにしろ」

ダナムが、ポケットから出した圧縮パックに、宝石と金貨を詰めながら命じた。こんなことを口にすることは滅多にない。この長兄すら興奮させる宝の山なのだ。

「しかし、大したもんだ。ターケル卿てのも宝捜し屋さんかい？」

ラジュが訊いた。

戸口に立つリジヤは、

「存じません」

と返した。虚ろな声である。ターケル卿の護衛長ヘルマ・ダリュードに吸血されてからこの調子だが、失踪した間に、ターケル卿か配下の魔道士の術にかかったらしい。タギギの探知機の前に、一同をこの部屋へ導いたのは彼女だが、品定めを咎める風もなく待機しているのが、不思議といえば不思議、不気味といえば不気味だった。

タギギは、ぴょんぴょん飛び廻って宝捜しに精を出していたが、急に眼を細めて、

「――何だ、これ？」

とつまんだ金の鎖とそこにぶら下がっている品をつまみ上げてみせた。

「はじめて見るよン。でも、なかなか洒落てるな。つけとこ」

頭から被ろうとしたが、鼻のところで引っかかってしまった。

「駄目か――兄貴」

とラジュに放った。ペンダントである。

それを巻いて、ニヤリとしたところを見ると、荒くれの次兄も気に入ったらしい。

この辺で先へと思ったか、ダナムが、

「行くぞ」

と宣言した。

宝物蔵ともいうべき部屋を出て歩き出すとすぐ、ダナムは、

「何故、あそこへおれたちを連れて行った？」

とリジヤに訊いた。

「お望みの場所かと」

「そのとおりだ。だが、おまえの頭の中にある目的地は違う。おれたちとどうしようというんだ？」

「はて」

リジヤは身を翻した。

「おお！」

ラジュは満面の笑みを浮かべた。

何処(どこ)からともなく黎明(れいめい)の光が廊下を照らしていた。夜であろうと、貴族相手であろうと怖れるものではないが、朝日というのは別格である。


窓外を闇が占めた。星はない。

「真夜中(デッド・オブ・ナイト)じゃな」

左手が言った。

「夜は貴族のものだ。さて、この城の夜は何を生み出すのか」

あの実験室である。

いつの間にか、照明光が点っていた。

「おまえは、何処にいる？」

Dが訊いた。

「じきに着く」

と幻が応じた。本物のターケル卿もとうに眼醒めて、こちらへ向かっているはずだ。

ふと、小さなソファにかけていたミレーユが立ち上がって、天井を見上げた。

左手が何処となく愉しげに、

「お。これは役者が揃いはじめたようじゃぞ」

ミレーユは、卿の幻が明言したように、卿や村人の中では例外的な心情の持ち主だ。それが、不意に立ち上がった。それだけで、未来の変動の予兆といえた。

「来るわ」

「ターケル卿がか？」

訝しげな左手へ、

「違う」

と卿自身が否定した。幻だが。

「誰かがここへ来る。ひょっとしたら——私と同じ存在かも知れない」

「ほう。自分を何と心得ておるのかの、お嬢ちゃん？」

「危険だ」

これは幻のつぶやきだった。Dは彼の方を向いた。

その胸に一本の白木の杭が打ちこまれていた。

幻は吹っとび、背後の壁に激突した。

次の瞬間、何処かで闇が切り裂かれた。

「いかん。じきにぶつかる——逃げろ！」

誰への声か？

「危険だ。逃げろ」

2

幻が消滅するのを、気にする者はいなかった。単なる3Dという以上に、貴族が心臓に杭を打ちこまれれば塵(ちり)と化すのは当り前だからだ。

呆れるほどの速さで、静寂が室内に満ちた。

三メートルほど向うの石壁の前に、Dに劣らぬ長身の男が立っていた。髪の毛と本来は濃紺らしいケープが黒い光沢を放っているのは、筋が通っているといえばいえるかも知れない。

「ターケル卿ではないな」

と左手が言った。Dが次を引き取った。

「ガーシェン男爵」

「そのとおり。よくおわかりだ」

と男は言った。若いとはいえぬが老年でもない。かといって、中年ともいい難いあやふやさが全身を作っていた。

男はうなずいた。

左手が続けた。

「時空間外の墓を暴かれ、心臓に杭を打ちこまれたと聞いたが、やはり伝説に過ぎなかったかの」

「いいや」

濃紺の腕が、同じ色のケープの左側を撥ね上げた。

そこには心臓を貫いているに違いない白木の杭が生えていた。

「記念か？」

Dが冷やかに訊いた。

「ついに不死者以上のものが誕生したと言いたいのか？」

「これは血止めよ」

と、ガーシェン男爵は笑った。

「ほお」

「これを抜けば、体内の血はすべて噴き出し、私は――」

「逆さまにした酒瓶の蓋か」

左手がケラケラと笑った。

「〝私〟はどうなる?」

とDが訊いた。

「不明だ。それを知りたくなくて、留め置いてある」

「なら——抜いてみい」

左手が促した。

「それも怖いのでね」

男爵は自嘲気味に笑った。貴族の荘重さを備えているかと思うと、妙に自虐的な発言もする。

「この城の前身で何をするつもりであったのか? 〈神祖〉すら狙ったと聞いたがの」

「若気の至り——かな」

真紅の唇が薄笑いの形に曲がった。

「今の城のことも知っているな?」

Dの問いに、男爵はうなずいた。

「当然だ。モデルはその前——私の建てた城だからな」

「〈神祖〉の命で何を企んでいたのだ?」

「〈神祖〉? 世迷い爺いのことか?」

「これは大胆不敵な奴」

左手は笑ったが、その奥には感動の響きも含まれていた。〈神祖〉――絶対存在をけなすとは、この貴族は――反逆者なのか？

「〈神祖整合会〉が明日にでも滅ぼしに来るぞ。奴らの残虐さは知っておろう」

「〈神祖〉の肝煎りだからな。だが、その前に、ここでの作業は形を整える」

「新種の貴族作りか。心臓に杭を打ちこまれても塵と化さぬとは――しかし前にもおることはおったぞ」

「わかっておる。私の狙いは別のものだ。貴族の誰ひとりとして理解不可能な。もっとも、彼奴らの脳と私の限界ゆえに、私は誰ひとり打ち明けておらん」

「では、誰も知らぬまま、ここで朽ち果てるがいい」

ふとDが動いたように、ミレーユには見えた。

彼は男爵の前にいた。刀身は上段にあった。

そこからふり下ろされる刀の速さより勢いよりも、ミレーユはDの全身から放たれる鬼気に失神した。

男爵はDの約二メートル前方に立っていた。それなのに、肩や頸部の肉は裂けず、一滴の血も飛んではいない。瞬間再生細胞ならあり得る。だが、それとは異なる現象を、Dと左手は理解していた。

「おかしな技を使いよる」

左手がまたも感心したように言った。

Dの刀身は斬断位置から男爵の首へと走った。

刀の線は見事に首を横に薙いだ。

「残念」

と男爵がつぶやく前に、三度迸る一刀——反転して頭頂から顎までを。

その軌跡の前で、ガーシェン男爵がにっと笑って、

「おまえには、私は斬れん」

と言った。

「だが、何という剣風の凄まじさだ。その見返りに、この城のすべてを見ていくがよい。胸騒ぎを覚えることもあろう。貴族と人間にな。無論、敵だらけだが」

白刃の風を断つ響きの向うで、男爵は大きく後方へ——やって来た扉の方へ跳んだ。

観音開きに開いた扉は、彼を呑みこんで閉じた。

「何だ、あいつは？　おかしな技を使いよる。おまえの剣を受けずに躱すとは」

左手が気ぜわしく息を継いだ。驚いている証拠だ。

「しかし、どうしていま頃、のこのこ出て来おったのか？」

「時が迫っているのだ」

とDは応じた。恐らく左手にもミレーヌも理解できぬ「時」であったろう。

Dはミレーユの方を向いて、

「ガーシェンに、入ってはならぬと言われた場所はないか？」

「会ったのも、いまがはじめてです」

「すると、ターケル卿に訊くしかないのお」

と左手。

「ターケルの墓所へ案内できるか？」

とD。

「はい。ですが——」

「どうしたかの？」

「護り役がおります」

「ほお。何人じゃ？」

「四名」

「こら面白い。あの宝捜しどもと同じじゃぞ。早いとこぶつかってしまえ」

「案内を頼む」

とDは言った。

刃を躱されたことなど、歯牙にもかけていない、冷たい岩のような口調であった。

とタギギは呼びかけてから、耳を澄ませて、

「こら、出て来い」

と前方五メートルほどの位置にある石棺めがけて、喚いた。

広間とも呼べそうな部屋である。そう言い切れないのは、天井と床と壁を占める黒い石の醸し出す圧によるものだ。外に満つる夜明けの光は一片だに差しこんで来ないが、部屋は夕闇の明るさを保っていた。

並みの人間なら一分といられない異界の威圧が四人の全身を侵そうと迫って来る。その中央にひと際大きく位の高い柩が置かれ、周囲を四つの、明らかに格下と思しい棺が取り囲んでいるが、四人の関心はそちらにはなかった。

「貴族なら、暗黒の中でも昼は動けねえはずだ」

と、化物ライフルを向けたラジュが言った。

「おれたちの常識では、な」

セイゲンである。

「前から思ってたんだがな――いちいちおれの言うことにチャチャ入れるのはよせ」

岩のような次男は痩身の弟を睨みつけた。

「へーい」

「やめろ」

ダナムが制した。長男の貫録だ。二人は沈黙した。

「ターケルの墓だな？」

念を押すように訊いた相手はリジヤである。

「はい」

ダナムは柩を見つめた。

思案の理由は明らかだ。棺を見つけても、開けられるとは限らないからだ。貴族も地位の高低によって、墓の護りもスライドするとされる。これは例えば〈神祖〉の言葉や元老院の規定によるものではなく、例のノスタルジーによるものだ。太古における中世の身分制度――貴族たちは自発的にそれを採用し、その身分によって、生活全般も規定した。臣下の数は数万名から数十名、支配下に置く人間の土地も〈都〉の一等地から〈辺境区〉の農村まで――それは彼らが選んだ階梯(かいてい)であり、区別であった。

「ターケル卿のクラスなら、次元障壁までだ」

セイゲンが床に置いたサドルバッグから、金属の三角形を四つ重ねた品を取り出して、棺に近づいた。

〝次元開錠〟である。

棺を封鎖する四次元空間を破壊する装置だ。Dは左手に任せたが、こちらはメカを使用する。

セイゲンは、最も手近な三角形の頂点のひとつに眼を据えた。視線はそこから棺の蓋の表に当てられ、ゆっくりと全体を舐めていく。

「よし」

とつぶやいたのは、蓋の中央やや右寄りの一点であった。

「下がれ」

と兄弟に命じ、四点器具を手に棺の右側に移動し、四枚の三角形を組み合わせはじめた。慎重な動きであった。不慣れというのではなく、何度やっても安心できない——危険なのだ。

「よし」

とうなずいたとき、三人の眼は装置に注がれ、感嘆の光を放った。四枚の三角形は、一点で直角に交わっていたのである。

縦、横、高さからなる三次元の世界ではあり得ない現象だ。だが、四枚はどう見ても直角に交わっていた。

「障壁を解除する」

セイゲンの声が薄闇に流れ、四枚の三角形は右へ回転した。

同時にセイゲンの身体は、除去装置ごと後方へ吹っとんだ。

石壁に激突する寸前、背の長刀が二本、交差しつつ跳ね上がって石壁にぶつかり、セイゲンを支えた。

地上に舞い降りた彼が立ち上がる前に、事態は進展していた。

石と石のこすれる音を聞いた。棺の中から起き上がる上半身を見た。

立ち上がった——と見る間に、彼はケープの裾を翻して床上に立った。

「本物か？」

ラジュが呻いた。貴族は陽光の下では眠らねばならない。それに反するとなれば、ケープの男は別の存在だった。アンドロイドか、３Ｄの幻か。

「よおく来た」

人品卑しからぬ男は、リジヤを見た。

「ご苦労だった」

と言うや、ケープの合わせ目から、白い物体がリジヤの心臓を貫いた。

「何しやがる⁉」

ラジュの叫びが、倒れた娘を送る祈りとなった。リジヤはその場で、灰と化したのである。

床の上には鉄の楔（くさび）のみが残った。

「この娘の用は済んだ。おまえたちを私のもとへ連れて来たときに」

四人を見据えて、

「私はターケル卿だ」

「アンドロイドか、３Ｄ画像か？　どっちにしても偽物だな」

とダナムが怖れた風もなく告げた。

「本物の貴族ならお寝み(やす)の最中だ。指一本動かせん時間帯だぜ」

「私は特別でな。〈辺境区〉一の宝捜し屋の諸君、その謎を解いてみる気概はあるかね？」

「そんな暇はない」

ダナムが切り裂くような口調で言った。

「おれたちはお宝目当ての屍食鬼(グール)だ。この城の動力室へ案内してもらおう」

ターケル卿は薄く笑った。

「やはり、狙いは金銀宝石ではなかったか」

「わかるかい？」

ラジュがにんまりと笑った。

「昔は好事家(こうずか)相手の、あんたたちの所蔵する古代の絵画や工芸品だったんだが、最近の宝捜しにゃお上が嘴(くちばし)を突っこんで来てな。あんたたちの技術や発明品が欲しいと言い出したのさ。〈都〉の研究所で色々と、おかしなプログラムを推進中らしくてな。ま、予想がつかねえことはなかったが、お偉いさんたちは、海の中やら宇宙やらに興味を持ち出したらしいんだ。あんたたちの真似してどうなるのかは知らねえが、おれたちの選択肢が増えたのは間違いない。それも大層な報酬付きでな。値段を聞いたときゃあ、耳を疑ったぜ」

ここ一〇〇年ほどの間に、科学技術における人間の探求と成果はめざましいものがあった。

但し、これには当然とも奇妙ともいうべき特徴があった。憑かれたように、人々は貴族の成果を追い求めたのである。

貴族vs.外宇宙生命体（ＯＳＢ）の戦いで荒廃した原野を開発するための、ひとつの村ほどもある巨大な土木作業機、超深海の生命体や鉱物等を採集する超高速走査艇や海底都市、そして、大宇宙の星々に挑む次元航行船。貴族の遺品に頼っていたこれらの品々を、独自に製作すべく。皮肉なことに――人間はやはり貴族の技術を求めた。多くの科学調査隊が、貴族の遺跡に侵入し、具体的なメカや書籍――それもノスタルジック嗜好の産物であった――を持ち帰ろうと試みたのである。

その結果は、失敗の一語に尽きた。遺跡にいまなお残る貴族文明の残滓と、それらを護る防禦システムは、侵入と略奪を許さなかったのである。

正式な調査はやがて中止され、貴族の生活に通じた民間のプロたちの出番がやって来た。元来は貴族がボタンひとつで製造していた金銀財宝を集めるだけの回収役だった者たちが、防禦システムをかいくぐり、或いは破壊して、遺跡の深奥から禁断の技術を入手し帰還する宝捜し屋と化したのだ。その成果を可能とした技術や武器の大半が、貴族のものであるという皮肉は問題にならなかった。

彼らは朽ち果てた城や宇宙船へ死を賭して赴き、絶望と死の中から、小指の先ほどの成果を手に戻って来た。

そして、新たな四名がいま、貴族と対峙(たいじ)しているのであった。

3

「無駄なことはやめたまえ」

朧(おぼろ)な空間に響くのは、ターケル卿の笑いであった。

「現在に開発された技術を、太古の人間たち――さらにその遙か過去の子孫たちが手に入れたとして、使いこなせると思うかね？」

「………」

「たとえ火を使えたとしても、発電機は扱えまい。それ以前に正体も摑めまい。諸君たちの依頼人が誰であれ、それは生まれたばかりの幼児を核融合炉の前に置き去りにして、操作してみろというに等しいのだ」

「幸い、おれたちは操作のノウハウを持ち帰れとは言われていない」

ダナムが返した。

「使い方は依頼人が考える。案内しろ」

ターケル卿は反駁(はんばく)もせず、

「よかろう」

と言った。

「但し、この城には、宝物蔵の番人はいないが、研究室の護り役はいる。承知していたまえ」

「そいつらのことかよ」

ラジュがライフルの銃身を、手前の棺に向けた。

「ちょうど四個――四人だ。おれたちとサシで勝負しようってわけか？　数が合いすぎる。あんたが差配したのかい？」

返事の代わりに、ターケル卿は笑ってみせた。貴族の歯――牙が大胆に覗いた。

ラジュはそれを嘲りと取った。

化物ライフルが棺を狙い、火を噴いた。

広間が揺れた。

炸裂弾が分厚い蓋の表面に拳大の穴を開け、亀裂が八方に蜘蛛の巣を走らせると、蓋自体足の方に滑っていった。弾着の衝撃によるものではなかった。滑る音は四つあった。

蓋が床に落ちる響きは、それ自体が大口径砲の発射音に似ていた。

どおん
どおん
どおん
どおん

そして、四人は彼らだけの敵と相対した。四つの人影と。

「殺っちまっていいのかい、ターケルさんよ？」

ラジュが舌舐めずりをした。

「起きぬけに殺戮と遭遇するのは、気が重い」

とターケル卿は言って、去れとばかりに顎をしゃくった。

四つの影は音もなくドアの方へと後退し、吸いこまれるように消えた。

「用心しろ」

とターケル卿は誰にともなく言った。

「あれらをこしらえたのは私だが、少し雑に作りすぎた。放っておけば近隣の村も町も滅ぼしかねん」

「そいつは面白え」

満面の笑みはラジュと上空のタギギであった。後の二人も気色ばむ風はない。

「では——ついて来い」

ターケル卿が歩き出した。そして、つぶやきともいえぬ低声で、

「行く先は宝の山か——血の池か」

Dがミレーユを伴って広間——ターケル卿の墓所を訪れたのは、それから一〇分ほど後だっ

た。

内部をひと眼見て、

「何処へ行ったのかしら？」

ミレーユが不安気に周囲を見廻した。

「石の蓋が破壊されておる——あの単細胞の次男じゃな。奴らもここへ来たか」

と左手が意味ありげに、

「狙いは金銀宝石——宝物蔵はあるか？」

「はい」

「案内を続行せい」

「はい」

ミレーユは逆らわなかった。すぐ前にDがいる。その妖しい美しさに魂まで奪われたかのごとく、左手の言葉にさえ、唯々諾々と従う自分を、彼女はかけらもおかしいと思っていない。

三人は墓所を出た。

通路には明りが点っている。世界は真夜中なのだ。

「おかしな気分なのだ」

と、いまは地上を歩くタギギが首を傾げた。頭の次は肩なのに、一応曲げた風に見えるのが面白い。

「わかっている」

ダナムが答え、

「血が渦を巻いてるぜ。何事だ？」

とターケル卿に訊いた。返事はすぐあった。

「別の時間が迫っているらしい」

「何だ、そりゃ？　確かに胃も心臓も暴れ廻ってるがよ」

「何処かで二つに分かれたのだ。それが、ひとつになろうとしている」

「もうひとつの時間に属するのは――Dか？」

ダナムの問いに、

「そうだ」

と応じたのは、セイゲンであった。

「何で、おまえがわかるんだよ？」

ラジュが絡んで来た。

「剣がそう言ってる」

「何ィ？」

「眼を閉じて耳を澄ませ」

「ケッ――誰が」

罵（ののし）った耳は、しかし、その天性の能力ゆえに、ある音を聴きつけていた。

セイゲンの方を見た。

交差させた背の二刀の鞘（さや）から、刀身がせわしなく出入りしている。約五センチ。その音だ。

それだけでわかるのか――Dが？

一行はそのまま進んだ。

ふと、ラジュが天井を見上げて、

「タギギがいねえぞ」

と言って、ふり返った。

「捜しに行く」

「いかん」

とダナムが短い声に力を込めた。

「どうしてだい？」

「おれたちの難関はこの先に待っている。二人も減るのは許さん」

「けどよ、放ってはおけねえよ」

「あいつもプロだ。わからんのか？」

「そらぁ――わかったよ」

背後の闇へ不安気な眼差しを送ったきりで、ラジュは前を向いた。

タギギが後退したのは、迫り来る「時間」の気配が気になったのと、それを運んで来る相手に殺意を抱いたからであった。

空中で、彼は両手をひと振りした。

指と指の間に鋭い鉄の串が現われた。三〇センチもあるそれを食らったら、どんな生物でも即死は間違いない。

「さあ来い」

ふりかぶった右手首の動きが不意に止まった。呑気が生命の丸顔が、凄まじい苦痛に歪む。

だが、丸まっちい手は無傷だ。何ひとつ刺さっていない。

「な、何事だよ?」

左手をかけて引いてもビクともしない。

「影を見ろ」

後方で誰かが伝えて来た。

「ありゃ⁉」

夢中で身をよじったが、今度は心臓が貫かれた。眼には見えない刃で。

低く呻いて、タギギは床上に落ちた。

「誰だ？」

苦痛のあまり、声は小さく、ねじくれていた。

その眼の前に、背後からひょいと黒い影が現われたのである。

「貴様は？」

「さっき会った。四人のボディガードのひとり――タギギだ」

「何ィ⁉」

そういえば、ひとつ丸っこいのがいた。似てるなあと感心したものだが、ここに到って恐るべき敵と化していた。しかし、体形ばかりか名前も同じとは。

「冗談か」

怒りの極みで歯を剝(む)き、睨みつけた。

「あら」

地獄の痛みを忘れさせたのは、相手の顔であった。

衣裳(いしょう)は別だが――その姿、その顔は、タギギそのものではないか。

「おまえは――ボクか？」

「影といってくれ」

敵――タギギは、にんまりと笑って、右手をふり下ろした。

灼熱(しゃくねつ)の痛みが、本家タギギの喉を貫いた。

「影――影？」

痙攣しながら、彼は影を見ようと足元へ眼をやったが――

「無い⁉」

「いいや、ある。前を見ろ」

タギギの眼は石の床を這い――三メートルほど前方に刻印された黒いものを見た。彼自身の影を。その右手と左胸と喉は、これも細い影に縫われていた。

「本体を斬れば、影も斬れる。ならば、影を斬れば本体も、という次第だ」

「けど――ボクは死んでいないぞ」

「そのとおり。死ぬまでにはいかない。だが、本体を刺せば」

影と名乗ったタギギは、腰から金串を抜いた。本体にのしかかるようにその手をふり下ろした。光条が躍った。本体から一〇センチの距離を残して、凶器と影のタギギは弾きとばされていた。

ぽんと跳ね起き、タギギの本体は影に迫った。

敵の顔が微笑んだと思うや、すうと床に沈みこみ、影となって遠ざかった。

「こん畜生」

とタギギが放った鉄串は床に刺さったばかりで、影は遠ざかる。

うっと小さな苦鳴が、丸い身体を震わせた。遠ざかる影が停止したのは、その刹那であった。

ぽんとタギギは舞い上がった。床の影から黒い金串が三本、全身にめりこんだが、難なく撥ね返された。タギギの本体は、あらゆる打撃を無効とする。

足下の自らの影を、何となく気乗りしない感じを残しつつ、タギギは手の鉄串で貫いた。

苦鳴が上がった。

「やったな」

と影のタギギは言った。

「だが……忘れるな……おれたちは……おまえたちの影だ……影を殺せば……本体は……」

そして激しく痙攣し、動かなくなった。

大きく息を吐いて立ち上がり、タギギは後方に立つコート姿に、

「ぽんぽん」

と腹を叩(たた)いてみせた。彼なりの親愛の情である。

Dであった。かたわらにミレーユが立っている。ようやく追いついたのだ。影のタギギの攻撃を刀身の一閃(いっせん)で防いだのも彼だ。

「ん？　またおかしいぞ」

額と胸と腹に手を当て、タギギはよろめいた。一回転してもとに戻る。

「お、直った」

と拍手するのを見て、ミレーユは吹き出した。

あらためて二人へ向かい、

「ありがとう」

ぺこりと頭を下げた――らしい。

「何者だ、いまのは？　おまえの影のようだったが？」

左手が訊いた。

丸っこいトレジャー・ハンターは、城に着いてからこれまでの事情を語った。声まで丸っこい。

「あと三人」

Dが前方の薄闇の通路を見ながら、つぶやいた。

「行こう」

威勢よく飛び出そうとするタギギの襟を摑んで戻し、

「ターケル卿がおまえたちの生命を奪おうとするならば、出会ったその瞬間にやってのけられるはずだ」

とD。

「何だ、それは」

と手足をバタつかせる球体へ、

「おまえたちは四人――影のガードも四人だろう。おまえの相手は、おまえと瓜二つだった」

「そうそう」

「男爵も卿もこの土地で、別の貴族を作ろうとしていたようだが、それはどんな貴族だ？」

「言ったろ。真っ昼間でも動ける奴らだよ」

と、空中でなおもジタバタと足掻(あが)くタギギへ、

「それなら前例が幾らもある」

とＤ。

「先に完成したのを知らずに、同じものをこさえてたんだよ。うん、そうとも」

Ｄはミレーユをふり返った。壁に身をもたせて、呆然(ぼうぜん)とこちらを見つめている。いまのタギギの死闘も、常人には想像を絶した魔界の光景であったに違いない。その衝撃から、脳が抜け切っていないのだ。

「おまえは真っ当な人間だ」

とＤは言った。その前から恍惚(こうこつ)の色に染まっていたミレーユの顔が、さらに色を濃くした。

「ボクもだぜ」

と主張するタギギを無視して、

「ここでの実験をどう見ている？　いや、どう感じている？」

娘は眼を閉じた。答えを捜しているというより、質問者から逃れようとしている風に見えた。

「よく……わからない」

と桜色の唇を割ったのは、数秒後のことである。

「さっき見た実験も……怖いだけだった……でも」

「おお」

と左手が促すように言った。

「——でも……貴族を少しぐらい変えても……作り出すとはいえないでしょ……変身(トランスフォーム)でも変貌(トランスフィギユレイション)でもない……創造(クリエイション)よ」

「何をだ？」

とＤ。

「わからない」

最後のひと言であった。娘はよろめき、石床に倒れる寸前、Ｄが抱き止めた。

「先へ行くしかないぜ」

と丸ちゃんが前方を指さした。まだＤの手にぶら下がったままだ。

「ターケルめ、それをおれたちに見せようとしてたんだ」

必死の思いがこもった声に、応じる者はいなかった。

第五章　四の対決

1

三人は果てしないとも思える廊下を進んでいった。

Dもミレーユも沈黙に包まれていた。

ただひとり異彩を放っているのがいた。

タギギだけが浮き浮きとして見えた。心底、この不気味な道行きを愉しんでいる風だ。

地上を歩いているかと思うと、急に跳び上がってDとミレーユの周りを巡り、はっはっはと笑いかけて来る。

とうとうミレーユが呆れ果てたか堪りかねたか、

「ひとりだけ陽気ね。愉しい？」

きつい調子で訊いた。

「おお」

と空中で一回転する。肯定したらしい。

「何となくハッピーなんだな。いつも、物騒な兄貴たちと旅してるから、新メンバーだと浮き浮きしちまうんだ」

「ですって」

ミレーユがDに告げたが、無視である。

「しかし、この廊下、永遠に続いていそうだぜ。偵察して来るわ」

言うなり、ひゅーんと大砲の弾丸(たま)みたいに突進していった。

「やる気はあるのね」

ようやく、

「面白いやっちゃ」

左手の声である。

「あいつは、おまえが気に入っておるぞ。だから仲間のもとへ帰らんのだ」

「いま帰った」

Dがやっと応じた。

しかし、そこへ砲弾が戻って来た。

三人の眼前に急停止し、

「面白いというか、危いというか——この先は戦闘訓練場だ」

と告げた。

「やだ」

ミレーユが思わずDのコートの袖を摑んだ。

「知っておるのか？」

左手が訊いた。

「村の噂でだけど。何しても死なないんだから、戦闘訓練なんて必要ないと思うのに、凄まじいことやってるんだって」

「どうじゃった？」

左手の問いに、タギギが空中で眼を細め、声を潜めて、

「城の中のはずがでっかい要塞があって、戦車隊がいて、歩兵が山ほど。向うが見えないくらい広い荒野に、山あり谷あり——幻覚構成かと思ったら、本物みたいだぜ」

「何故わかる？」

Dが訊いた。

「地上にいた弓兵が、いきなり射って来やがった。五〇〇人はいたぜ。いや、躱すのが大変。二、三本は命中しやがった」

と腹を叩く。

「拡張空間じゃな」

「他の道はなかったの？」

ミレーユの問いに、タギギは首を傾げた。

「——おれの見た限りじゃな。色んな化物もうろついてたし——抜けるのは難しいぜ。別の道を捜そう」

「おまえの仲間はそこを通ったのか？」

「わかんねえ。戦った形跡はなかったが」

「別のルートを行ったか」

と左手。

「なら、おれたちもそれを捜そう」

タギギが腹を叩いた。

「わしたちだけを危険な場所へ導くはずがない。おまえの仲間も危いルートを辿っておるぞ」

「ヤな爺いだなあ」

「他にルートがない以上、そこを通るしかあるまい」

Dのひと言が、未来を決定した。

彼は進みはじめた。

十分足らずで、

「ここだ」

タギギが言うなり、周囲の光景が変わった。

赤光(しやつこう)が三人を包んだ。空の色であった。

左方彼方(かなた)に基地と思しい緑色の建物が並び、すべての窓にはシャッターが下りている。その奥に控えているのは、貴族の兵器に違いなかった。

右と前方は彼方の山脈が広がる荒原で、動くものの姿はない。

「弓隊がおらんな」

と左手が言った。

「どっかに隠れたんだ。見て来るぜ」

ふわあと五メートルも舞い上がった丸っこい身体に、数本の黒い矢が命中し、ミレーユの悲鳴ともども、タギギは下りて来た。両手に二本ずつ矢を掴んでいる。

「平気なの？」

眼を丸くするミレーユへ、

「おれの身体には、弾丸も矢も効果なしなのだ」

タギギは、はっはっはと笑った。

「敵は何処(どこ)だ？」

と嗄(しやが)れ声が訊いた。

「あっ」

タギギは呆然たる表情に化け、

「いきなり攻撃されたので、びっくりした。それで下りて来てしまったのだ」

「阿呆めが」

「何おう」

「矢の飛んで来た方角は確認した」

とDが言った。

「へえ、さっすがあ」

「だが、問題は他に潜むものじゃ。奴らを存在させている力が何処かにある。それを始末しない限り、この空間は出られんぞ」

と左手が重い声を出した。

「わしが捜して来よう。おい、丸いの。一緒に来い」

「何て呼び方だよ、この掌お化け。行きたきゃてめえひとりで行け」

と一歩も譲らぬ言い合いに発展しかけたところへ、全く予期せぬ爆弾が投下された。

「お願いです」

タギギの腕に手をかけ、その顔をじっと見つめたのは、ミレーユであった。

「え？」

「何があっても、ここを突破しなくてはなりません。力を貸して下さい」

「いや、そんなの、おしゃべりな爺いだけで沢山だろ。ボクは――」

「ここは力を合わせなくちゃなりません。お願いです。空を飛んだり矢を射られても平気だったり、あなたは随分と頼りになる方だと思います。お願い、力を貸して下さい」

丸い顔に幾つもの表情が交錯した。満更でもない。しかし、軽く見られては困る。だが、知らん顔は男がすたる。タギギは混乱の絶頂にあった。

「よし、行こう！」

「きゃあ」

ミレーユは両手を胸の前で握りしめた。何でボクの手を握らねえんだという顔で、

「――で、何処へ行くんだ？」

とタギギは訊いた。

この問いに、

「あっちじゃ」

と左手は西の方を指さし、地上へ落ちた。Dの腕から手首ごと切り離された――というか、自切したのである。

ミレーユとタギギが眼を剝く中で、短い草を押しのけつつ進んでいく。

「訳がわからねえ」

つぶやいて、タギギは後を追った。

「大丈夫かしら？」

ミレーユはDを見ようとして、思いとどまった。

「任せよう。いま動いても敵の思う壺(つぼ)だ」

Dの返事は娘を落ち着かせた。

防禦(ぼうぎょ)壁の一部らしい石壁の陰に、二人は隠れた。

陽は高い。

いきなり、ミレーユはDの足下に引き倒された。

石壁を貫いて、一本の鉄矢がミレーユの頭頂をかすめて、向うの地面に突き刺さったのだ。

悲鳴を上げようとした口は右手で塞がれていた。

「動くな」

とささやき、Dは一気に矢と同じ方角へ跳んだ。

横になった位置からの跳躍は、水中を泳ぐ魚を思わせたが、地面に伏せる前に、一本の矢がその右腿(もも)を貫いた。

それに触れようともせず、Dはかたわらの木の幹の背に廻(まわ)った。

矢の根元を掴んで思い切り引き抜いた。肉までついて来た。

二本の矢の飛翔(ひしょう)角度から、敵の位置は割り出せるが、角度は大きく異なっていた。同軸線上を素早く動いているか、複数かだ。

Ｄにしてみれば、大した傷ではなかった。だが——身体中の血が煮えたぎった。

意識が遠ざかり、焼け焦げた内臓と筋肉が悲鳴を上げる。

「熱毒か」

つぶやいた。〈北部辺境区〉の毒蛇崇拝の一部族が使用する猛毒だ。体内から噴火が生じたようなもので、人間なら焼死する。

Ｄは腿の傷に右手を這(は)わせた。目下、左手はないのだ。

指先につけた熱い血を口にした。

毒の、しかも、煮えたぎったマグマのような状態の血だ。激しくむせた。

その肩先の肉を矢がかすめて去った。

狙弓者(そきゅうしゃ)は移動したらしい。

Ｄは身を躍らせた。

ミレーユのかたわらに倒れこむまで、もうひとすじの矢が頭上を通過した。

ミレーユは眼を見開いた。驚きよりも遥(はる)かに激しい感情に頬が染まる。眼の前にＤの顔があった。

Ｄの右手が白い顎(あご)に触れたとき、ミレーユは失神した。

白い肌に走る青筋の上を、Ｄの指先がかすめた。ぽっと血の珠(たま)がふくれた。

Dの唇がそれに重なった刹那、ミレーユは低く呻いた。

それより早く、Dは立ち上がった。

その顔と心臓めがけて飛翔した二本の矢は、美しい響きとともに打ち落とされ、Dは右手を前方へ振った——のを見た者はいない。その一〇〇メートルほど前方の廃墟の窓で、苦鳴が上がったのを聞いた者もいない。Dの腿を貫いた矢は、新たな標的にも命中したらしかった。

「ここも危険か」

Dはミレーユを肩に担いで走りはじめた。周囲はすべて敵だ。しかも、自在にこちらを攻撃できる。対してこちらは、目下のところ、それを甘受するほかはない。

五〇〇メートルばかり走ったところで、Dは足を止め、ミレーユを下ろした。

草よりも黒土が露わな荒野である。

ダンピールの勘が何かを捉えたのか、彼はナイフを抜き取り、猛烈な勢いで土を掘り返しはじめた。

魔神も呆気にとられるような速さで、縦横二メートル、深さ一メートルほどの穴が穿たれるまで、二分もかからなかった。

ミレーユを投げ入れ、顔だけ残して土を被せる。

近くに落ちていた木の枝を一本取って、白木の針をねじこむと、あっという間に細い管が出来上がった。

ミレーユの口にそれを差しこみ、顔を土で埋めた。木の枝は無論、呼吸管だ。もともと失神状態で呼吸は浅い。しばらくは保つだろう。敵も簡単には見つけ出せまい。だが、Dは何を相手にしようというのか。

空は夕闇が近い。

虚空に稲妻が光った。近い。

四方から気配が近づいて来た。

空中から湧いて出たような人影が四つ――一〇メートルの距離をおいて立った。

真紅のマントを着け、左腰には長剣、いかにもの刺客だ。

だが、殺気は感じなかった。

そのとき、稲妻が光った。同時に、四人はDめがけて突進した。

丈の高い草であった。五分も進むと、タギギはうんざりしたように、

「おい、当てはあるんだろうな。ボクはオリるぞ」

と左手に訊いた。

一〇回を超える問いである。すべて無反応だったのが、急に、

「よし」

と止まった。前方に若草色のドレスの少女が立っていたのである。はじめて見る顔だ。

ひとりではなかった。

左右を、執事姿がまるで似合わない岩みたいな男たちが固めている。

戦場空間には異常な登場人物に、タギギはとまどった。通常時なら迷いこんだお嬢さままで済むが、現状では異空間の一部と見るしかない。

「あれか？」

と低く訊いた。その足下で、

「そうじゃ。この空間の構成中枢じゃ」

「しかし、まあおかしなもンこさえやがって。やる気が失くなるじゃないかよ」

タギギの表情は、いつの間にか緩み切っていた。それを笑う者もいないだろうと思わせるほど、少女は美しかった。〈辺境〉には死ぬほど似合わない。月光の下に佇む〈都〉の〝貴族街〟こそがふさわしいと思われる、高雅で可憐な少女であった。

「幻だな」

タギギが強い口調で言ったのは、溶けかかる自分の精神を鼓舞するためだ。

「ああ。幻影じゃ。しかし、よく出来ておる。あいつを見慣れておるわしでさえ、顔がほころびるぞ」

顔なんて何処にあるんだよ、と思いながら、

「とにかく、捕まえるぞ」

タギギは宣言したが、

「そんな悠長な場合か。即破壊じゃ」

「えー？」

「もう惑わされておるな。あの娘は――」

左手の声は無論、ささやきなどよりも低い。

しかし、少女がこちらを見つめた。

同時に、左右の男たちも両手をこちらに伸ばす。

左手とタギギの前に忽然と黒衣の若者が立っていた。

「D⁉」

2

タギギの言葉にDはうなずいた。その美貌、闇の深奥を貫くような眼差し、欠けた左手首
――確かにDだ。

「引き返せ」

とDは、聞き慣れた声で言った。

「はン？」

「戻れ。この先は危険だ」

「しかし――」

「戻れ。あの娘はおれが片づける」

と少女の方へ向きを変えた。右手が長剣の柄にかかる。

木の枝を折るような音がして、Dはのけぞった。もう一度こちらを向いたその顔は苦痛に歪んでいた。

「ほれ、溶けはじめた。偽者は〝もどき〟で沢山じゃ」

左手の嘲笑を受けながら、Dは呻いた。

「何故……わかった……の？」

タギギは眼を丸くした。若い娘の声であった。

「わしらを油断させて首を刎ねるつもりだったか。だが、造形力を過信しすぎたの。京単位の画素を集めても、奴の美貌は再現できぬのよ。わしには、最初から不細工な面に見えておったわい。さっさと元の姿に戻れ」

忽然とDは消えた。タギギの前に折れ曲がった小枝が落ちた。左手が見破った幻影の正体であった。

「あの娘じゃ――殺せ！」

「よっしゃあ」

タギギがのけぞった。膨れた腹がもっと膨れた。それが戻った。

ごおと炎の帯が少女へと伸びた。この太っちょは、体内に高圧の空気ばかりか、ゲル化油のような燃焼薬を貯蔵していたのだ。

しかし、炎は少女と男たちの目前で、ふっと消えた。

「ありゃりゃ。一万度だぜ」

眼を丸くする小太りの前で、男たちは妖(あや)しく笑った。

「ここはレディさまの世界だ。おまえたちの攻撃は、それこそ幻に終わる」

「だってよ」

「ふむ」

「おっ――雨だ」

タギギが頭上を見上げた。

白い絹糸みたいなすじが、二人（？）の周囲を埋めた。雨音が世界を満たした。

「来るぞ」

左手が言った。

タギギが前のめりに倒れた。

「雨音か」

左手の声は、緊張に包まれているが、何処かゆるんでいる。

雨音のリズムに聴き入ると神経は安らぎ、ふと眠りに落ちる。これは現実でも起こる規則的音律がもたらす精神の弛緩現象であるが、いま左手とタギギが耳にしているのは、異人とさえいえる彼らでさえ耐え切れないほどの効果を有する音の催眠術なのであった。

二人（？）の動きは止まり、安らかな寝息が雨音を乱しはじめた。

音もなく、男たちが草の中を疾走して来た。

ひとりが左手を摑み上げ、もうひとりがタギギを抱え上げる。

激しい雨足の中で、その口もとに鋭い牙が光った。

それが目的を遂げる前に、ぴゅっと風を切る音がした。

左手を摑んだ男は右眼を押さえてのけぞり、その手から白い胸もとへ滑り落ちた左手の平には、小さな口が尖っていた。そこから、もうひとすじの音と光が男の心臓を貫いたのである。

光は一〇センチほどの鉄の矢――否、鏃であった。

呻き声すらたてず、男は塵と化して流れ去る。それに気づいたもうひとりのごつい顔を、タギギのぽっちゃりした手が、押さえつけた。

「規則は出鱈目が破るってな――おれたちの寝息さ」

そして、呆然と開け放たれた男の口腔へ、一万度の炎が吹きこまれたのである。

燃え上がる上半身――その胸へ、短い鏃が叩きこまれ、死者の塵が雨に流された。

少女の下へ殺到する――はずが、二人（？）は草の中に倒れた。雨音の催眠はまだ効いてい

たのである。

その前に少女――レディが近づいた。

「お見事でした」

左手が、ん？と洩らしたのは、レディの声に偽りではない響きを感知したからだ。

「雨音の妖響にも耐えて、あの二人を斃すとは――お願いがございます」

「はあ？」

タギギが眼を丸くした。

「おい、まさか自分は捕らわれの身で、ここから助け出してくれとか言うんじゃねえだろうな？」

「左様でございます」

「おいおい」

「あなた方が私を手にかけるためやって来られたのは存じております。ですが、自由の身にさえして下されば、私は姿を消して二度とお目にかかりません」

「ひとつ訊くがの」

と左手が言った。いつになく冷たい口調であった。

「わしらはこの幻の戦場の中枢を破壊すべくやって来た。あんたじゃな？」

「はい」

「なら、いまあんたを始末すれば事は収まる。救い出す手間もいらんというわけじゃが」

「私を斃せば、別の中枢が形成されます。永久の繰り返しですわ」

「何故、ここを脱出したいのじゃ？」

「疲れたのです」

「これは面白い機能じゃのお。与えられたプログラム以外の意思を持ってしまったというわけか」

「解釈はご自由に」

「可愛げがねーなー」

タギギが毒づいても、レディは動じず、

「私が戦場を脱け出した時点で、機能は停止します。お急ぎなら、いますぐに」

「それきり、あんたの替えは出て来ないのじゃな？」

「はい」

「よっしゃ」

タギギが腹をひとつ叩いた。

「かっぱらいより人助けだ」

「あの——泥棒さんですか？」

「そうじゃ」

「違う違う」

タギギは地上の左手を踏んづけようとしたが、すでに草の中であった。

「では、Dと落ち合って脱出といこう。一旦戻るぞ」

「あいよ」

とふり向いて、タギギはわっ、と叫んだ。

なおも降り注ぐ雨の天空から舞い降りて来た翼を持つ影が、三人の身体を持ち上げたのである。

「何しやがる、この野郎!?」

「おい、レディとやら、何とかせい」

「はい」

途端に彼らは一〇メートルの高みから地上に激突した。

「いててて」

と呻く左手へ、レディを抱えて着地したタギギが、

「オッケ?」

「この莫迦者」

喚く左手の向うに何を見たか、タギギは、ん？と眼を凝らして、

「何だい、あれは？」

と指さした。

巨大な影が迫って来るのはDも気づいていた。それ以前の戦いは四人の敵であったが、斬りとばした首も四肢もすべて空洞であった。それらはたちまち元の胴に戻り、ふたたび襲いかかって来たのである。思念が動かしているのだ。対してDの眼は妖光を放った。

巨腕が迫り、白光が踊った。

Dの刃が断った四肢は地上に落下し二度と動かなかった。思念には思念を――Dの精神力の勝利であった。

剣を握った巨影の右手が斬りかかって来た。

Dの剣が弾き返す。

頭上にそびえる鋼の巨体と真紅の双眸を、Dは見上げた。

体高一五メートル、奇態なヘルメットと胴当て、手甲、長靴と二〇メートルもの長槍――巨人兵だ。

ひとりではなかった。荒地の奥から、次々と同じ形がやって来る。地響きは――ない。

黒光りする五指がDへと伸びた。一メートルを超す指に捕まれば、いかなる生物といえど、一瞬でつぶされ、手の平の中で厚さ一ミリもない血の布地と化してしまう。

Dの刀身が一閃し、巨人は手を引いた。親指以外の四本はつけ根から切断され、彼は激怒の表情になって、片手で長槍をふりかぶった。

突いて来る——と誰でも思うに違いない。

だが、Dを襲ったのは横薙(よこな)ぎの一撃であった。本来、長槍とは突くよりも打つのが本道といわれる。打ち手のパワーを考えれば、Dは勿論(もちろん)、大型戦車ですら吹きとばされたに違いない。

Dは躱した。

その身体を槍が生む強風が持っていく。彼は五メートルも離れた荒地に着地してのけた。

巨人が待っていたのは、その瞬間だった。

指の怨(うら)みも込めて、彼は突いて出た。

いや、出ようとした。

Dと巨人との間に、すうと若草色のドレスの少女が割って入った。

少女が右手を開いて巨人を突いた。

動作だけであったが、この世界を統(す)べるもの、、のパワーとはいかなるものか。巨人はその場で塵と化したのである。

吹きつける塵芥(じんかい)から眼を守るように、Dは旅人帽(トラベラーズ・ハット)を傾けたが、少女は眼もつぶらず、右手をふりかぶり、ふり下ろした。

彼方から走り寄る巨人兵たちは、数秒後、その武器も技も使用することもなく消滅し去ったのである。

「違う、その娘は味方だ」

　空中から出た声を追うように、タギギが飛んで来て、Dの足下に左手を放った。制止の声を放ったのはタギギである。

　だが、少女――レディの胸もとに突きつけた刃をDは収めようとしない。ミレーユを埋めた地点を指さし、

「出せ」

　とタギギに命じた。それから、

「この娘が司令部か？」

　と尋ねた。相手は足下から、

「そうじゃ。名前はレディ。だが、わしらを救い、いまはおまえを助けた。この世界では異分子だそうな」

「どう思う？」

「そりゃ、借りは返さないとね」

　とミレーユを掘り出したタギギが主張した。

「嘘はあるまい――多分」

　と左手が裏打ちした。多分というのが〈辺境〉らしい。

「望みは？」

「この戦場からの脱出じゃ。戦いをするのも、見るのもつくづく嫌になったという」

「自分では出来んのか？」

「それはならぬ仕組みらしい」

「確かめたか？」

「ああ。ひとりで行かせたら、ある地点で跳ねとばされた。そこから先は進めんのだ。それを解除して連れ出して欲しいらしい」

「頼んだわけではないが、助太刀にはなったな」

Dの背がかちりと鳴った。刀身が鞘に戻ったのである。

「どの出口が近い？」

と訊いた。

「ついていらっしゃい」

とレディがDの背後へ、顎をしゃくって歩き出した。眠りっ放しのミレーユは、タギギが負って宙を行く。

そのすぐ後に続きながら、

「おまえは中枢――ＡＩではあるまい」

とDは言った。

「それがどうかしまして？」

「……」

「――元は人間だったのです」

左手がDの左腕の先端で、

「何ィ？」

と放った。

「騙しおったな」

「説明するのが面倒だったのです。それに人間と知れたら、あなたたちの反応が変わってしまう。ＡＩと思わせておいた方が、楽でした」

「何処の出だ？」

「わかりません。気がついたら、いまの状態でした」

「過去はないまま、ＡＩ代わりかよ」

タギギは、Dの隣りをトコトコついて来る。

「――ひでえことしやがる、貴族ってのは。だから、あいつらの宝を頂戴するのに、ボクたちは胸が痛まないのだ」

含み笑いが生じた。タギギはDの左手を睨みつけた。

「何がおかしいんだよ？」

「くく、盗っ人にも三分の理と言うのがあってな。それを思い出したのじゃ」

「どういう意味だ?」

言い争っている間にも、〝戦場〟では奇怪な兵器が四人に襲いかかって来た。

半透明の海月(くらげ)状生物、数千本の触手をのたくらせる球体、空中の酸素を急速に吸引し、周囲数キロを瞬時に真空と変える巨肺獣(ジャイアント・ラング)——最後の攻撃は最も厄介だったが、レディのひと打ちで消滅した。

「大したもんじゃのお」

「そうそう」

声を合わせる左手とタギギに、

「所詮は幻ですから」

とレディは答えた。

足を止めたのは、一時間ほどしてからだ。平原の一角であった。彼方には奇怪な山脈(やまなみ)がそびえている。

「ここを出て、右へいらっしゃれば、もとの屋敷の内部(なか)ですわ」

うすく微笑(ほほえ)む少女へ、左手とタギギが
「いやあ、助かったわい」

「礼を言うぞ」

タギギは、それに、

「一緒に来ないか？」

とつけ加えた。

「そうですね、今度、是非」

「今度？」

「そうだ」

Ｄの右手が肩に廻った。

「ここが脱出孔か？」

「はい」

レディはうなずいた。眼の中に諦感がゆれていた。それと――希望が。

Ｄの一閃は少女の眼前の空間を斜めに走った。

光量に変化はない。だが、少女の白い貌に歓びの色がみなぎった。

「ありがとうございました」

レディはひっそりと頭を下げた。その名にふさわしく、慎ましく、丁重に。

それから背を向けて、前へ出た。

その姿は陽炎(かげろう)のようにぼやけて――消えた。望みは叶ったのである。

「消えたか――自分が守って来た世界のように」

左手のつぶやきも、空気に溶けた。

「結局、あの娘は何だったんだ？」

「この城に満ちるエネルギーから生まれた副産物だ」

とDが言った。

タギギが丸い眼をもっと丸くした。

「じゃあ、何か――エネルギーの滓だってのか？　それがなんで、こんなところで戦争ごっこしてるんだ？」

「余剰エネルギーの消費だ。放っておけば、城は自ら生み出したエネルギーの暴走でまた消滅する」

「じゃあ、いつか……」

「消えるだろう」

「すぐにではないがな」

と左手がつけ加えた。

タギギはなおも、頭をふって、

「そんな役目をどうしてあの娘が？」

答えはない。あっても指摘する者はいなかった。数千年に亘る苛酷な任務から解き放たれた者がいた。それでいいかとタギギは納得した。

「行っちまったか」

こうつぶやいてから、タギギはDを睨みつけた。

「レディは消える前に、じっとてめえの顔を見てたぞ。色男は得だな、おい。けどな、世の中色々あるんだ。いつまでも同じ顔でいられるなんて思うなよ、いつか天罰が下るぞ」

喚き散らす太っちょの頭を左手が撫でて、よしよしと言った。

同時にDは前方へ歩を進めた。

3

「伏せろ！」

ダナムの叫びに二人は床に伏せた。一瞬の躊躇もない。これまでの屍山血河の日々の中で身についた反応だ。

立っていれば心臓に当たる部分を、黒い影が打ち抜いて消えた。

「何だ、いまのは⁉」

仰向けで化物ライフルを前方に向けながら、ラジュが訊いた。

「兄貴」

とセイゲンが呼びかけた。こちらはうつ伏せだが、背の刃が半ばまで鞘からこぼれている。

だが、伏せた拍子にではなかった。剣自ら戦闘体勢に入ったのだ。

「わかってる」

とダナムが応じた。

「あれはおれのナイフだ」

剣のことだろう。

「ターケルさんよ、何者なんだ？」

とラジュが、ただひとり横に立つターケル卿（きょう）に訊いた。

「墓所を守る四人のうちのひとりだ。すでに眼にはしただろう」

声に含まれた笑みが、ラジュには気に入らなかった。

「あんたの墓守（も）りのひとりか。片づけていいんだろうな？」

「好きにせい。向うも覚悟は出来ている」

「ひょっとして、おれたちの分身か？」

とセイゲンが訊いた。

「そうかも知れん」

「あいつらは、ずうっとあんたの墓を守って来たんだろう。どうしておれたちと重なるんだ？」

「おまえたちは幾つになる？」

「………」

ターケル卿はダナムを見て、

「おまえでも四〇になったばかりか。生きて来た年月の記憶しかない輩にそれを話しても無駄だ。輪廻という言葉を知っているか？」

沈黙していると、

「人間は幾たびか生まれ変わるということだ」

「すると、おれたちの前にも、おれたちは生きていたってことか？」

ラジュが面白そうに訊いた。

「そうなるな」

ラジュが返そうとしたが、ダナムが割って入った。

「おれたちは、何百年か前に、すでにあんたと出くわしていたってことか？」

「この先、どんな最期を迎えようが怖れることはない。また会おう」

「よしやがれ」

ラジュの罵りを無視して、ターケル卿は前方を透かし、

「いなくなった。では進もう」

と声をかけた。

「あんたの命令か？」

とダナムが凄みを利かせた。

「いいや、施設へ近づく者は、自己の意思で迎え討てと命じてある。私とは関係がない。彼ら自身の判断だ」

「消えたのもか？」

「恐らく」

「今度、出て来たら、てめえの頭を吹きとばしてやる」

卿の頭に向けられた化物ライフルが放った台詞のようであった。

「いまも言ったが、私は何もせん。ただし、与えた命令はもう取り消せん。これからの攻防は彼ら独自のものとなる。邪魔はしない。しっかりやりたまえ」

「てめえ」

ラジュはそのとき、本気で引金を引くつもりであった。

その銃身に手をかけて下ろし、

「行くぞ」

とダナムは歩き出した。

「どうして止めたんだよ、兄貴？」

地鳴りみたいな声で訊くラジュへ、

「効くと思うか？」

「だけどよお。野郎、完全におれたちを舐めてやがる」

「この先、何が待っているか考えれば、いまのうちに向うの手を読んでおくのも役に立つ」

「それだが」

セイゲンが加わった。

「さっきのは、兄貴の〝ナイフ〟だ。同じ技を使う奴が、この世に二人いるとは思えねえ。すると――」

「――何だ？」

「あれを投げたのは、兄貴だ」

「おい」

ラジュが眼を剝いた。

こちらも怒髪天を衝くと思いきや、ダナムは無言で歩き続けた。

やがてターケル卿に向かって、

「何百年も前に、おれたちの複製を作れるなら、もっとパワーアップ出来るか？」

「何とか、な。だが、いまはやめておこう。五分と五分で戦いたまえ」

「勝ったらでいい。どうだ？」

「なら考えよう」

「よし」

「因縁の相手でもいるのかね？」

「そのとおり」

ダナムは重く言った。ターケル卿は彼の右頬を見ている。肉に食いこんだひとすじの傷痕を。

「ふむ。そんなに怨むほどのものか」

「貴族風情が、わかった風な口をきくな」

背後でラジュがにやりと笑った。セイゲンは無言のままである。

「ところで、この城にはもうひとり貴族がいる――ガーシェン男爵という男がな」

と、ターケル卿が切り出した。

兄弟たちが眼を剝いた。

「どんな奴だ、それは？」

「この城の前の城を造った男だ。大地震で城を失い、当人もハンターに討たれたと聞くが、戻って来たらしい」

「――何者だ？　何のために戻って来た？」

ダナムも驚きの表情を隠さない。

「そいつはDといるのか？」

「知らぬな」

「しかし、この城に貴族は二人も必要はないはずだが」

とセイゲンが訊いた。

「私もそう思う。そう考えなかった存在がいるらしい」

「〈神祖〉のことか?」

「さて」

ラジュがライフルをふった。びゅっと突風が生じる。

「反〈神祖〉派というのがいるとは聞いていたが、今ひとり見つけたぜ。するとあれか、ガーシェンは〈神祖〉に見つからないように、この城で秘密の実験でもやらかしてたってわけかよ。ひょっとして、あんたは、〈神祖〉が派遣したお目付け役じゃねえのか。やり過ぎたら始末しろってゆー。いやいやいやいや、五千年前に、前の城を消し去ったのは、あんたじゃねえのかい?」

「誰かが来るぞ」

ターケル卿が、ふいいと横にのいた。

廊下の遙か前方に、長身の黒衣——Dだ。

「あんたが作ったのか?」

ダナムの表情から、血の気が失せた。音もなく空中に思念が膨れ上がる。恐怖ではない。怒りの極致現象というやつだ。

ターケル卿は平然と、

「さて。だが、彼はおまえたちを殺しに来る。これだけは確かだ。処分したければするがいい」

ラジュと化物ライフルが前へ出た。

その肩をダナムの手が押さえた。

「あいつはおれが殺る」

「あいつって――Dの偽物じゃねえか。こいつで一発さ」

「おれが殺られたら、次はおまえだ」

「けどよお」

と、なおも引かぬところへ、

「達者でな、兄貴」

とセイゲンが言った。

「後は任せておけ」

この冷酷ともいえる弟へ、ダナムはにやりと笑った。

「おい」

と前方のDへ呼びかけた。

「あんた――名前は？」

「D」

「なら、いま片づけてやるぜ。本物でも偽物でもDと名乗る限りはな」

ダナムの腰が鞘鳴りの音をたてた。抜き放った一刀の刃を肩に乗せる。

疾走に移った。相手の出方など気にもしない戦法であった。

Dも一刀を抜いた。

あと五メートルで、ダナムは肩の一刀を振った。

音もなく走ったものは、先刻、三人を襲った彼自身の武器であったか。

Dの一刀はうちひとつを弾き返したが、片方はその首を半ば切り裂いた。

だが、Dは傷口を押さえず、突進して来たダナムの上段一刀を、火花とともに受けた。頭上であった。そのまま右へ振った。

刃が嚙み合ったその一点を支えに、ダナムは投げとばされた。

壁に激突する寸前、両足で壁面を蹴りとばして、Dへと反転した。

「うおおおお」

と叫びつつ斬り下ろした一刀を、Dは再び受けた。その刀身が砕け、ダナムの長剣がその頭頂から顎までを斬り割った刹那、二人の弟があっと叫んだ。

着地と同時に、よろめく黒衣の胸もとへ跳びこんで、ダナムは一刀を心臓に突き立てた。刀身は背まで抜けて鍔もとで止まった。

だが、Dは後方へ跳んだ。跳びつつ一刀を投げた。それは一瞬気を抜いたダナムの鳩尾に吸いこまれ、彼をよろめかせた。

弟たちが駆けつけ、

「やったぜ、兄貴」

とラジュがDの方を指さした。

その先で、黒い塵が床に落ちた。

「茶番だ。偽物さ」

とダナムは吐き捨てて、ターケル卿の方を見た。

いない。

「野郎、いつの間に」

ラジュが歯嚙みをしたとき、

「そのまま行け。研究室の護衛が待っている」

消えた貴族の声が何処からともなくした。

ダナムが鳩尾の剣の柄を摑んで、一気に引き抜いた。血は出ない。滲みらしいものが布地に広がりかけて、すぐに消滅した。

「兄貴の技も知らねえで――わかったか、アホ貴族」

ラジュの怒号は反響もせずに何処かへ吸いこまれた。

一〇分と経たぬうちに、数個の人影が、三人の周囲に出現した。

黒く塗りつぶされた人型の影である。

「やっと出番が来たな――邪魔するな」

ラジュが前へ出て、鎧のように厚い胸を叩いた。

影たちは、城内の警備兵だったに違いない。

「くたばれ」

叫ぶや、ライフルが火を噴いた。大口径銃身ではない。通常口径弾だ。貴族の配下はビクともしない。だが、武器のせいか、ラジュの術のせいなのか、弾丸は尽きないのだ。正しく無尽蔵に発射される。不死身の影たちは血を吹きとばされ、肉を裂かれ骨は砕かれて、正しく「無」の姿をさらした。所要時間は一秒足らずであった。火器を手にした者もいたが、弾丸はラジュに命中することはなかった。銃口を出た途端に射ち落とされてしまったのである。

ラジュは動かなかった。巨体はそのまま、手と武器だけが神速で肩から回転し、肘から折れて、敵を射ちつぶした。この次男と射ち合いになれば、どのような相手も一秒とかからず液状の血肉ミンチと化すだろう。

そして、セイゲン。

この三男が不気味な底力を発揮したのは、新たな敵が出現した際であった。

二〇頭、二〇匹の妖獣怪鳥たちが、襲いかかって来たのである。

獣は装甲に身を固めた肉食獣であり、口から吐く強烈な酸で獲物を溶かしてから捕食する。対してセイゲンは二本の剣を胸前で交差させた。ある形が出現した。それを見た刹那に、腐食酸は無害の液体に化け、石をも凌ぐ装甲は、紙のように切り裂かれた。それよりも驚くべきは、飛翔する凶鳥たちであった。超音速を誇るその速度が、セイゲンの前ではことごとく亀の歩みとなって、刃を自らの血で染めた。彼らの武器はことごとく無効とされた。

「気に入らねえが――大した野郎だ」

通路を埋めた死骸を一瞥して、ラジュさえもこう洩らした。

「勘だが、じきに目的地だ。こいつらとは別格の四人がお待ちらしい。力の何割を使った？」

ダナムの問いである。

「一割」

「おれも」

ラジュとセイゲンの順であった。それで片づけた。それだけの相手だったと言っているのである。

「しかし、おまえ、どんな技を使ってるんだ。化物どもが超効き目のある守り札でも見たように怖気づいちまう。おまえの方が化物だ」

ラジュの問いにもセイゲンは無言であった。彼にもわからないのだ。何をしてのけたのか？

二本の剣が生み出した十文字――十字架の形は、すでに彼の記憶にも、目撃したはずのラジュとダナムの脳裡にもなかった。

一〇分ほどで廊下の突き当たりが見えた。

鉄に鋲を打ちこんだドアが、黒々と嵌めこまれている。

「研究室らしいぜ」

ラジュが化物ライフルを軽く叩いた。

「四人護衛がいるとか言ってたが、こっちは三人だ。タギギの野郎——何処行きやがった？」

「上からのサポートは無しか。気をつけろ」

とダナムは命じたが、さして緊張の風もない。慣れた状況なのだ。

セイゲンが先に行き、黒い表面を調べて、

「鍵はなし。爆破するにもでかすぎる」

と言った。ダナムがうなずき、

「量子鋼のドアだな。だが、ドアである以上、開くはずだ」

ラジュが思い切り表面を蹴とばした。

「舐めやがって」

ゆっくりと扉は開きはじめた。

ラジュが凄まじい眼つきでセイゲンを睨みつけた。向うは眼だけを宙へ泳がせてやり過ごした。

ドアは直角まで広がり、停止した。

内部（なか）へ入る前に、ダナムが偵察用のドローンを飛ばした。ラジュが覗（のぞ）きこみ、

「何だ、こりゃ？」

と眼を剝いた。

第六章　二人の貴族、その意味

1

Dの周りを旋回していた丸ちゃんが、ん？とつぶやいて、天井を見上げた。

「どうしたの？」

ミレーユが訊くと、

「兄貴たち、どうやら、危(やば)いところへ入ったらしいや」

「わかるのか？」

と左手が疑い深そうに訊(き)いた。

「何となく、ね」

Dは足を止め、前方を見つめた。

長身黒衣の人影がやって来る。その顔は――

「D――あなたよ」

ミレーユの指摘はこわばっていた。

人影はDであった。

「またしてもコピーか？　それにしてはよく出来ておる」

左手が感心したように言った。

ミレーユとタギギが揃って左手を見つめ、タギギが、

「緊張してるな、爺さん」

と鼻先で笑った。声は妙に硬い。ミレーユの表情にも不安が濃い。

粛々と迫る鬼気を感じたのだ。

影が近づき、五メートルほど前方で止まった。

「おれは――Dだ」

と言った。その美貌、その声、その妖気――誰でも疑いはすまい。この城で、決して避けて通れぬ戦いが、いま幕を開けようとしていた。

Dの右手が柄にかかった。

敵――〈D〉も抜き合わせた。まったく同じ動きであった。

「互角と見た」

左手が言った。

「わしも乗り替えるか」

「こりゃあ面白い」

タギギが笑ったが、声も顔もこわばっていた。

「けどよ――ターケルの野郎は何のつもりだ？」

Dが地を蹴ったのは、それを探るつもりなのか。どんと打ち寄せる巨浪のごとき一刀を、虚無Dは見事に打ち返したが、それ以上はならず、よろめいた。

刃を嚙み合わせたまま、Dは一層の力を加えた。

支える刀身が折れた。頭部から鮮血を噴きつつ跳びのきながら、〈D〉は残った刀身をDめがけて投擲した。それは攻撃の姿勢を取る寸前のDの心臓に突き刺さって、大きくよろめかせた。

相討ちというにはあまりにも凄惨な決着に、数秒息を呑んだままのタギギとミレーユが慌てて駆け寄ったとき、

「大丈夫じゃ」

とDの左手が苦しげに告げた。もうひとりのDは塵と化している。

「間一髪したが――しかし、これまで相手にしたどんなまがいものよりも強かった」

ふうとひと息ついて――大きく息を吸いこんだ小さな口の奥で青白い炎が燃えた。

「よかったわ」

素朴な安堵のミレーユを尻目に、

「しかし、ターケル卿め、おかしな真似をする。ボクもボクそっくりの奴と戦った。腕はボクと同じだ。負けても不思議はない。あんたも紙一重の差だったよな。ボクたちをボクたちと戦わせて、貴族め、何を企んでいるのだ」

「死力をふり絞らせたのだ」

Dが立ち上がった。

「どうして？」

と、ミレーユが眉を寄せた。

「火事場の馬鹿力かの」

「多分な」

「すると一階梯上がったか」

とDは応じた。

「どうゆーこった？」

なおも、きょとんとする丸ちゃんへ、

「おまえ、変わったことはないか？」

と左手が訊いた。

「いや――別に」

「なら、よし。恐らくは、おまえの兄貴たちも同じ目に遇ってておるぞ」

「何、浮き浮きしてるんだ」

タギギは腹をポンと叩いて怒りを表現した。


陽光が翳って、視界を白いものが埋めた。

「霧だぜ」

ラジュが、肩に乗せていた化物ライフルを構え直した。視界を奪われる——意図的なものだ。

「離れるな」

とダナムが強く言って、右側のラジュの方を向いた。

「いねえ」

舌打ちして、左——セイゲンの方を見た。

「セイゲンもか。まあよかろう」

慣れた状況らしい。

身構えもせず前進した。

「畜生、今度は霧かよ」

ラジュは全神経を耳に集中した。視界は白でつぶされている。

右方は壁だ。

背のサドルバッグを下ろし、靴を脱ぎ、靴下の裏に〝蜘蛛の脚〟を吹きつける。右の底を壁につけ、左脚も加えた。

武器を合わせて一五〇キロ超の巨体は廊下と平行に立った。

ライフルを構えたまま、正しく蜘蛛のように、壁を垂直に昇っていく。

〝蜘蛛の脚〟とは、強力な粘着剤であった。四肢に付着させれば、たやすく壁も天井も這える。蜘蛛のごとくに。だが、ラジュのような姿勢を維持するには、それこそ超人的な腹筋と背筋の力が必要なのは言うまでもない。彼をひと眼でも見た者には、不可能としか思えぬ動きを、ラジュは可能にしているのであった。

張り詰めた空気に乱れが生じた。敵が動いたのだ。

胸の中で、ほお、と思った。

同じことをしている。壁を上がって来る。見えないが、同じスタイルだろうと、ラジュは確信した。

――おれと同じ真似が出来る奴はいねえはずだ。こいつは強敵だぜ。

奇妙な感情が凶暴無比の男を捉えた。楽しくなったのだ。

「おい、聞こえるか？」

声を出しざま、左へ跳んだ。壁に粘着した部分から、猛烈な負荷が全身に広がる。勿論、声の位置を探られぬ用心だ。

「ああ、よく、な」

応じる声は、間髪を入れぬ素早さであった。ラジュは眼を丸くした。自分の声ではないか。

「おい、ひょっとして、おめえはおれか？」

「当たり」

揶揄するような口調であった。

「するとあれか、おれは自分と戦うことになるわけか？」

「そうだな」

「なら、勝負は相討ちに決まってる。お互い、自分の手の裡は知り尽してるんだからな」

「いや、自分てのは当人がいちばん知らねえもンらしいぜ」

ラジュの相手の〈ラジュ〉は、生真面目な声で言った。そうだ、おれは、こういう声を出すんだ。何てインテリぶった口調だ。

怒りが化物ライフルの引金を引いた。

一連射を浴びせてから上方へ移動する。

低い笑い声が流れて来た。やはり位置が異なる。

「畜生――読んでやがったか」

「そらそうだ。自分のやることなんざお見通しよ」

危えぞ、こりゃ、とラジュは苦々しく思った。どんな奇策を考えても、向うにはお見通しだろう。ま、こっちもそうだが。

――やってみるか
モジュールの切り替えを榴弾に合わせた。奴――いや、おれの位置は？　おれならどうする？

瞬時に答えが出た。前方へ跳びざま、空中で一発放った。

約七メートル前方で爆発音が轟き、同時にラジュがいた壁面上でも同じ轟きが広がった。頬をかすめる巨弾をラジュは感じていた。

霧の中を走る影が見えた。

通常弾を連射しざま、床の上に転がった。元の位置から火花と石の破片が飛んで来た。

「ここまで同じか」

声が出た。

「そうだな」

苦笑がはっきりと知れる声であった。

「なあ、これじゃあ千日手だ」

と向うが続けた。

「埒が明かねえ。こういう手はどうだい？」

「どんな手だ？」

「お互い背中を合わせて、足下に手榴弾を置く。ギリギリまで待って——逃げようや。そのときが勝負だ」

「ふうん」

ドカンといく前に、逃げる。何処まで離れられるのかが勝負だ。吹っとばされるか、どう逃げるか。

「面白え」

とラジュはうなずいた。

「死の寸前、お互いどんな手を打つかだ。自分がよくわかるぜ」

「よっしゃ、いま出てく」

そのとおり、霧が人の形を取って、そのディテールを露わにしていく。

ラジュの前に立ったのは、ラジュであった。服装も武器も同じだ。頬に食いこんだ石片が引く血の痕も。

「自分を見るのははじめてだが、いや、なかなかいい男だなあ」

ラジュは正直に言った。

「同感だ」

と片方も認めた。

「気が合いそうだな」

〈ラジュ〉が続けた。

「本気かい？　おれは自分なんざ真っ平だ。喜んで殺してやるぜ」

「その辺もぴたり——だろ？」

ラジュは微笑み、向うも笑いを返した。

「さあて、行くか」

「よっしゃ」

誰の眼にも、ゲームか一杯飲りに行く合図としか思えまい。どちらにも緊張の翳さえない。

ワインか〈辺境〉ウィスキーの一杯でも出されれば、喜んできゅうっといくだろう。

二人は胸のハーネスに引っかけた手榴弾を一個外して、発火リングを咥えた。

リングを抜いて二つ数え、足下に置く。

あと二つで安全レバーが吹っとび、撃針が信管を叩けば、二人ともバラバラだ。

先に片方が背を向けた。

片方はわずかに遅れ、その両眼が飛び出るほど剝き出された。

二人の兄たちが霧の中に消えてから、セイゲンは背中の二刀を抜いて、床に置いた。

「いよいよ使うぞ」

と刀身に話しかける表情には、それまで片鱗も窺わせたことのない殺気が宿っていた。

この旅において、二刀は危機を知らせる警鐘の役ばかりで、本来の役目にふるわれたことはない。それに関して感情の欠片も示さなかった仮面のような三男も、実は胸中に不満の熾火を抱いていたものと見える。

来た。

長靴の響きを敵は抑えようとしていない。それに対する意見を案出する前に、セイゲンは驚くべき事実に気づいていた。

それが自分の足音だということに。

「まさか」

と冷静な三男はつぶやいた。現況が受け入れられなかった。

「まさか」

もう一度口に出し、次の刹那、彼は跳躍した。靴音から割り出した敵の位置へ右の一刀をふり下ろし、着地と同時に左の一刀で胸を薙ぐ。

狙った位置から、凄まじい痛みが脳から顎までを割り、胴が両断されたとき、かれには敵の正体がわかった。

いま、眼前で同じ場所から鮮血を噴きつつのけぞった顔は、自分ではないか。

「同じことを考え、同じ技を奮ったか。結果は――」

どう出る、と訊くつもりが、こみ上げて来た熱いものを足下に嘔吐し、セイゲンはどっと床に伏した。

白い世界の只中で、ダナムは眉をひそめた。身体がいやに冷える。

——殺られたか

と思った。二人の弟のことである。三人目——タギギはわからない。

「仕方あるまい」

この仕事をやると決めてから覚悟は出来ているはずだ。

ダナムは意識を空にした。五感からの情報入力を停止し、〝勘〟にすべてを委ねる。

右方に気配があった。約二〇メートル。石の壁のはずだとゴネても始まらない。ここは貴族の館だ。

波動が伝わって来た。

敵の投げた物体に切り裂かれた空気の乱れであった。

頭を下げて躱すと同時に、こちらもナイフを投じる。

反応はなし。

「わかったぜ、ターケル卿。あんたの狙いがな」

左へ廻りつつ、声をかけた。

「一発で決めるぜ——相討ちはなしだ」

返事はない。

だが、了解したのがわかった。

走った。

向うも――来る。

霧だけが、二人の接近と交錯を確かめた。

白が真紅に変わり――それも一瞬。どっと肉を断つ音が放たれ、交錯は疾走に変わって、片方が床に叩きつけられた。

こうして三人――影なき貴族は、彼らに何を求めるのか？

2

突然、空中の丸いのが、どてんと廊下に落ちた。

真っ先にミレーユが駆け寄り、俯せなのを仰向けにさせた。

顔をひと眼見て、あら、と真っ赤な額に手を当てる。

「ひどい熱――やだ⁉」

思わず手を離して息を吹きかける。

「四〇度超えてるわ。五〇度行くかも知れない」

「風邪や感染症ではないのお」

左手が替わり、こちらもすぐに離れた。タギギは震えはじめた。痙攣だ。

「どうしたの？」

ミレーユの声は不安と気遣いから出来ていた。左手はすぐ、

「これは――『楷梯症』だ」

「何ですか、それは？」

ミレーユの眼はＤに向けられていた。左手よりもＤ。彼女にとっては飼主と飼犬の関係なのかも知れない。

「人間も生物も進化の先に現在がある。それには長い時間が必要だが、それを急速に行うと無理が生じる。『楷梯症』だ」

「じゃあ、この丸ちゃんは――進化してるってこと？」

「そうじゃ。わしも見るのは二度目じゃの」

左手の声には珍しく畏怖がこもっていた。

「どうするの？」

「邪魔をしたくはないが――奴はいままでの奴とは違う存在になる。わしらをどう見なすかわからんぞ」

「敵になる、と？」

「十中八九――もとからそうではないか」

ミレーユがタギギから離れた。

痙攣が熄んだ。

「……やられた」

とタギギは言った。

Dの視線が、真ん丸っ子の上に落ちた。この四男と他の兄弟の間に、精神感能的な糸が伝わっているのは承知している。

「全員か？」

左手が訊いた。

それに間を置いて、

「わからない」

Dが背の剣を抜いた。ミレーユが、はっとDを見つめた。

「わかる前に処断する」

氷そのものの声に、

「待って」

ミレーユがDの前に立ち塞がる――同時に床の丸いのが、ぴょんと空中に躍った。

白光がその身体を縦に裂いた――と見えたが、タギギはそのまま楕円軌道を描いて、Dの前方一〇メートルの彼方に着地した。緊張した顔が、両手で身体のあちこちを叩いてから、まだきょとんと、

「これは凄い。確かに二つになったのに、少しも痛くないぞ」

その顔面を白い針が貫き――ぴいんと弾き返された。石をも穿つDの針である。

「効かねえ効かねえ」

タギギは鼻の前で人さし指を立ててふった。

「いままでのボクと思っちゃ困るよ、D。これでやっとおまえと同じだ」

「凶と出たの」

左手がうんざりしたように言った。

「ここで白黒つけてもいいんだが、兄弟が気になる。あばよっと」

もうワン・ジャンプした姿は通路の端に消えた。

ミレーユが溜息をついて、眼で後を追った。

そこへいきなり、ぴょーんと丸っこいのが戻って来て、Dを指さし、

「おまえを片づけるのは、ボクだぞ。忘れるな」

とエラそうに言うなり、炎に包まれた。

ぎゃあと悲鳴が上がって、炎の塊りが遠ざかって行った。

「楷梯上昇エネルギーの暴発じゃな。どうする？　二人の貴族どもが待ち受けているかも知れんぞ」

「行く――他に手はあるか？」

「ないのお」

「行きましょう」

ミレーユの唇は一文字に結ばれていた。


タギギは変化を意識していた。別の自分――それもより強力な自分に変わった。圧倒的な自覚であった。いつの間にか身を灼く炎は消えていた。

ひたすら床を蹴り、飛翔し、着地――そして、背後に闇が、前方に陽光が膨らんだとき――

左方から何かが飛んで来た。

素手で打ち落としてから、

「兄貴、よせやい」

と右方の人影に言った。

「よく出来た」

ダナムであった。やや後ろにラジュもセイゲンもいる。感動的な四兄弟の再会といっていい。

「おれの武器をそうやって躱せたのは、おまえが一楷梯上がったからだ。おれたちと等しくな」

「何だよ、それ？　前より戦闘能力が上がったってことか？」

ならわかる。いまならＤだって斃せる――かも知れない。

ダナムはうなずいた。

「どうやら、おれたちは試されていたらしい。そして、全員合格した」

「何のためにだよ？」

「Ｄを斃せ」

不意に天井から声が降って来た。気配も姿も何処にもない。

「繰り返す。Ｄを斃せ。それが新しいおまえたちの使命だ」

タギギは首をふり、

「どうしてだよ？　それとあんたは誰だ？　ひょっとして、ガーシェン男爵か？」

と見えない相手に訊いた。

「そうだ。彼奴は私の企てを破壊しに来た。それが理由だ」

「企てって？　Ｄはそんな話は全然してなかったぞ」

「私はかつて、この地に新たな貴族を誕生させるべく実験場を開いた。いまおまえたちがいるのは、その地下の一部だ」

声は陰々と続けた。

「地下って――そうか、その実験は失敗したんだな？」

タギギは心底嬉しそうに言った。理由はない。何となく声の主が気に入らなかった。

「そうだ。別の存在のためにな。恐ろしい相手だった。正面からぶつかっては、私にも手の打ちようがなかった」

声は苦々しく言った。タギギは喜んだ。

「そうかい、負けたんだ。それで無になったのか。けど、新しい城が出来てたよな。あれはどういうこった？」

「今の城の主が建てたものだ。別の存在からの命令でな。私の誕生させたすべてを、無と化するために」

「へえ、ターケル卿は後始末をやらかしてたわけかい。もっと早く出来なかったのかよ？」

「私の施しておいた防禦機構がそれを許さなかった。そうして，Dとおまえたちが招かれたのだ。いや、あとひとり」

「あとひとり？」

タギギばかりか、残る三人の表情も訝しげになった。

「Dの役目は、私と――おまえたちも、もう知っておるだろう――ターケル卿が造り出したすべてを破壊することだ。そして、おまえたちの仕事は、彼を斃し、私の最初の目的を成就させることにある」

「何だ、それは？」

さすがに気になったらしく、ダナムが重い口を開いた。

「新しい貴族をこしらえるって話か？」

とラジュが続けた。

「おれたちが知ってる貴族の変わり種のことなら、例には事欠かねえぜ。真っ昼間から散歩に出る爺さん貴族とか、リゾート地で人間に交じって水浴びするビキニのお姐ちゃんとかよ」

「それは貴族の話だ」

「何ィ？」

ラジュが声をきしませ、ダナムとセイゲンが宙を仰いだ。タギギに到っては、急上昇して天井をチェックしはじめている。

沈黙の網が四人に被さり、数秒——ダナムとセイゲンの顔に、ある感情が広がった。恐怖と驚愕と——彼らにもわからないものが。

ダナムの口が開いた。無意識だというのが、はっきりとわかる訊き方であった。

「まさか——……に」

そこへ天井の声が重なった。

「来たぞ。任務を果たせ。おまえたちは最早、三〇分前のおまえたちではない。必ず斃せる」

その声に触発されたかのように、四人の全身から闘志と鬼気が膨れ上がった。

「おお、やったるで」

ラジュが右腕を叩いた。

「それなりの舞台は用意した。しっかりやれ」

すでに、通路の端に〝舞台〟が現われていた。


「戻って来ないわね」

ミレーユの声は、やや哀しげであった。タギギのことを言っているのである。

「もといたところに戻ったのじゃ。仕方あるまい」

左手の応答は素っ気ない。

「向うは四人になった。それも一楷梯ばかり底力をアップしてな。さて、こちらはどうじゃ？」

返事はなし。左手は気にもせず続けた。

「――うむ、変わらず、か」

ミレーユがよろめいた。

歩きづめの疲労が表に出たのである。

「休め」

Dは足を止め、二人は通路の端に移った。

左手を額に当てると、

「ひどい熱じゃ。疲れのあまりじゃの。寝れば治る」

そう聞く前に、ミレーユは寝息をたてている。

Dは壁によりかかって腕を組んだ。

薄闇の中をミレーユの寝息ばかりが流れ、消えていく。

一時間――二時間。

Dは眼を開いた。一〇メートルばかり先で村娘らしい姿がこちらを見つめている。

両眼が妖しく紅い。正体を隠すつもりはないらしい。

「――Dだね？」

声も娘のものだ。

「あたしはブリギット――下の村の娘よ」

「用件を聞こう」

とD。

「カナン」

Dも覚えていた。

「――何処にいる？」

「ついておいで。ひとりでね」

とブリギットが向けた背へ、

「おまえの仲間がこの娘に手を出したら、おまえもその瞬間に滅びる」

ブリギットの足は止まり、全身が動かなくなった。Dの声に含まれた鬼気が金縛りにしたのである。

「――わかったわ」

老婆のようなくしゃくしゃ声で応じ、ブリギットはまた歩き出した。


ミレーユは疲労の沼に沈んでいた。

ミレーユ。名を呼ばれても身動きひとつ出来なかった。

ミレーユ。今度はもっとはっきりと。ミレーユ。

眼が開いた。見覚えのある顔が笑みを浮かべている。

「あなたは――？」

「カナン」

そうだ、そんな名前だった。まだ疲れの取れぬ頭で、

「どうして、ここへ？」

と訊いた。

「一緒においで。君は役目を果たすんだ」

「役目って？」

少年――カナンが肩に手を触れると、ミレーユは蜘蛛の糸に絡め取られた蝶のように立ち上がった。

「こっちだ」

はじめて、左側の壁に古風なドアがあるのに、ミレーユは気がついた。

その向うに誰かが待っていることにも。

「さあ。未来が待っているよ。新しい君も」

とカナンは言った。優しい声であり口調であった。この人と一緒の未来なら。

カナンは開いたドアの内部(なか)に消えた。引かれるようにその後を追って――しかし、ミレーユの胸には不安の塊だけが、にんまりと笑いながら居座っているのであった。

3

「ご在所ですかな、ターケル卿?」

そこひとつで大邸宅が建ちそうに広大な一室のほぼ中央に、濃紺の影が現われた。突如結像したといった方がいい出現ぶりにも、豪奢(ごうしゃ)なソファに横たわる黄金のガウンをまとった男は、

「ようこそ、ガーシェン男爵」

と不作法な訪問者の名を口にした。

「いよいよだな」

男爵は感慨深そうに四方を見廻した。

「この城も、ようやく朽ち果てるときが来た」

ターケル卿は反駁もせず、

「わたしが勝つか、あなたが勝つか——ようやく決着がつきます」

と言った。

ガーシェン男爵は笑みを深くし、

「私と彼との決着も、また。しかし、あなたは何を求めているのだ、ターケル卿？」

「新しいものです」

「わかるが、素材を誤ってはおらんか？」

「そうお思いか？」

「そうとしか。彼がここの廃棄を決めたのも、それが故だろう。その意を汲んであなたはやって来た。そして、すべてを破壊し尽した」

「とんでもない。わたしの力はあなたの守りを破ることが出来ませんでした」

「そして、新たな者たちがやって来た」

「左様。自分たちの使命をいまも知らぬ愚かな人間どもが」

「お互い、あるだけの手は打った。どのような結果が生まれるかは、思案の彼方にある」

「ところで、我が居城へ来た以上、滅び去る覚悟はおありでしょうな？」

「もとよりだ」

と男爵は不敵にうなずいてから、

「――と言いたいところだが、その前にひとつ提案がある」

にんまりと笑った。

「前言撤回は許しません」

ターケル卿の右手が垂れた位置から右上方へ閃いた。

男爵の左腰から右肩まで朱の線が貼りつき、上半分が、ずるりと滑り落ちた――と見えたのは眼の誤りか、男爵は変わらぬ姿で破顔した。

「ならんぞ、ターケル卿。貴公の〝次元刀〟では私は斬れぬ。そして、私は幻の貴公といえど消滅させる技の持ち主だ」

「わしも前言撤回といきましょう」

ターケル卿は苦笑を隠さなかった。

「で――提案とは？」

「私があなたの仕事を引き継ぐと言ったら？」

「これは悪魔が天使に変わったか。だが、無駄な仕掛けですね。わたしの背後に、あの御方がいる限り、あなたは悪魔のままです」

男爵の笑いが深くなった。ターケル卿は言った。

「仰せのとおり、わたしはあの御方に命ぜられるまま、あなたの遺したものすべてを破壊しに参りました。ですが、あなたの護りは堅かった。そこでわたしは宝捜しの四人を選び、けれどもあなたは対抗策としてDをここに招いたのです」

「わたしではない。Dを呼んだのはあの御方だ」

「それはこの上ない戦士の選択でした。ですがわたしはそれを知ったとき、あなたもあの御方も考えはしたが実行には移せなかった架空の理論を現実にしたのです。すなわち、自身よりも強大な力を打ち破ることによって、生物は新たな一歩を踏み出せる、と。これは太古の人間界にも存在していた考えです。実行に移した者たちもいたということですが、その成果は果たして。確かなのは、わたしがそれを可能にしたということです」

「………」

「あの四人は自らと互角の相手——すなわち自分自身と戦って勝利を収めました。自分を超えれば、彼らはいままでとは別の存在となれる。いまの彼らなら、Dを斃せましょう」

「その言葉、世迷いごとかも知れんぞ」

「ははは。一度、この地を訪れ、ただひとり生還した子供の名を覚えていらっしゃいますかな」

「カナンだ」

「やはりお忘れではありませんでしたな。では、何故、あの子のみが生き残ったか、わたしがヒントを差し上げる必要もありますまい」

「あの御方の考えが私の想像どおりかどうかの保証はない。しかし、あの男子は、この二つの城で生まれた最後の可能性だ」

「そのとおりです」

　ターケル卿はうなずいた。その笑みは別の場所に移っていた。男爵の口もとに。

「ですから、彼こそが最後に生き残るでしょう。いままでにない新しい存在として――人間でも貴族でもない生物を、我々は何と呼ぶべきでしょうか？」

「私の企てを破壊するはずが、朋輩になると申すか？　うぬはあの御方の眼が、いまもうぬを見つめているとは思わぬのか？　そこまでして、新存在を望む理由は？」

「飽き果てたのですよ、男爵」

　笑みは消えていた。卿の表情には、ひどい疲れと寂寥が窺えた。

「この世界とそれを造り上げているすべての存在に。永遠の生命と呼ぶのはたやすい。しかし、それは心臓に打ちこまれた杭一本でたやすく塵と化す生命にしかすぎません。かといって、私には自らを土に還す度胸はありません。この世を新しい生命に渡したいのです。あなたが思っていらっしゃるように」

「嘘いつわりはなしか？」

「勿論です。まず、Dにあの四人の宝捜し屋どもをぶつけましょう。どちらが勝ってもそれは一階梯の上昇を意味する。そこに新しい生命が芽吹くかも知れません」

「任せよう。では」

こう言ってガーシェン男爵は消えた。

数秒して、ターケル卿は鼻で笑い捨てた。

「何が任せるだ。あの老獪(ろうかい)なペテン師めが。すべては自分が仕切ると、全身で告げている。気の毒だが、そうなる前に、新しい存在と私とが世界を統べるのだ。邪魔はさせんぞ、ガーシェン。あの御方の意志に背を向けるのは少々怖ろしいが、何、新しい存在さえ味方につければ、あの御方もやすやすと手出しは出来まい。それに、あの御方もかつて同じようなことを企てていたと聞いた覚えもある。必ずや、新世界の碑(いしぶみ)に我が名を刻んでくれる。――では」

豪奢(ごうしゃ)とはいえないが、こちらも広い研究室の内部で、ガーシェン男爵は、顔をひきつらせて笑った。まぎれもない侮蔑の笑みであった。

「――何が新しい存在にこの世を任せる、だ」

嘲笑には殺意すらこもっていた。

「彼奴の狙いは、あの男子を使って、この世を己れの意のままに操ることよ。眼がそう言っておった。よかろう。しばしの間、好きにすればいい。だが、その後は、私が手綱を取る。世界を統べるのに、あの御方は最早古い。私だ。このガーシェン男爵こそが、支配の杖をふり下ろすに相応しい——では」

「何だい、ここは？　〈都〉の大学の研究室か？」

そう罵ってから、ラジュは四方を見廻した。

長大な窓の数は一〇〇にも及び、空気さえつぶしかねぬ石の天井と壁の重さを軽やかに見せている。

見る者を高さと曲線の幻覚の虜にしてしまいそうな三日月形の梁は、その効果から〝魔道士の支え〟と呼ばれるものだ。

誰もが連想する典型的な貴族の広間だが、そこを彩る品が違う。

中央に置かれた手術台と椅子は、人間にも馴染み深い代物だが、どれも拘束ベルトが垂れている。

少し離れたところに置かれた横長の円筒は、ベッドと椅子を囲む古風な手術設備にエネルギーを供給する無限エネルギー炉と思われた。

「合ってないな、おれたちとは」

セイゲンが静かに言った。

「おれたちとは、な」

ダナムの言葉に全員が冬の雷に打たれたかのように緊張した。

「じき、似合いの者が来る。それ」

たくましい顎の示した梁の向うから、二つの影が蹌踉と歩み寄って来る。

ブリギットとDであった。

「いよいよだぞ」

空中で丸い声がした。タギギが両眼を光らせている。

やがて二人は足を止めた。

四人との距離は約八メートル。

「覚えてるかい、D?」

とダナムが声をかけた。

「ダナム・ゴーント」

ゴシックの霊廟にふさわしいDの声であった。重なる反響は、声の主の名を讃えているのか、それとも美しさをか。

「〈南部辺境区〉のクルック島で会った。あのとき、とどめを刺しておかなくて残念だったな。じき後悔することになるぞ」

「とどめを刺す前におまえは逃げた」

冷やかな声は、ダナムの頬に憎悪の朱を昇らせた。

「兄貴——落ち着け」

ラジュが喚いた。化物ライフルはDをポイントしている。

ダナムの顔から血の気が引いていった。

「まずは、おまえに引き合わせてくれたターケル卿に感謝しないとな。さて、やるか」

「楷梯を上がったかの」

嗄れ声が面白そうに言った。

「ああ、妙に血が騒ぐぜ。おれに勝ったときからな」

「こっちは変わりない。負けたら赤恥ものだぞ」

「やかましい」

ダナムが腰の一刃に手をかけた。

Dの背から光が右手に流れた。青眼の刀身に化けた。

「待てよ、兄貴」

ラジュが前へ出た。

「兄貴が出るまでもねえ。こいつはおれが片づけてやるぜ」

「よせ」

「そう言うな。兄貴は一番最後だ。おれに任せとけ」

「そうしなよ、兄貴」

セイゲンも言った。

「頑張れ」

上空でタギギが拍手をふり撒いた。

「おれがしくじったら、次はおまえだ」

ラジュが睨みつけた。

「困ったなあ。いろいろ義理もあるし」

「何の話だ？　そうか、てめえ、こいつと一緒にいる間に取りこまれたな」

「とととんでもない」

黙って見ていたセイゲンが、

「揉めてるなら、おれが出るぞ」

「引っこんでろ」

化物ライフルの銃口が彼の心臓を狙う。

「わかった」

セイゲンが下がり、ダナムが前へ出た。ラジュへ鋭い一瞥を送り、

「おまえも余計な真似をするな」

と言った。命令というより口調は脅しだ。

「わかった」

ラジュは銃口を上に向けた。セイゲンと同じ台詞だとわかっていただろうか。

Dと四兄弟の頭は、過去の因縁を挟んで対峙した。

「何となく、見えない糸に操られてるという気がしないでもないが、まあ、こうなったんならよかろう。それに、ここへ来た理由なんぞどうでもいい。おれの目的は、おまえを斃すことだ」

ダナムの右手が上がり、左手は上衣の内側に忍んだ。

Dも右手を上げた。青眼から八双へ。そのとき、ダナムの左手が弧を描いた。

Dへと走った三枚は、三日月形の刃物であったろう。Dの刃が躍った。美しい響きを上げて、武器はすべて散った。Dが地を蹴った。新たな攻撃をかける暇もなく、びゅっとふり下ろされた刀身から間一髪で跳びのいたダナムの表情には、さすがに怯えがこびりついている。だが、彼はにやりと笑った。その眼はDの頭上の空間を映している。半月のレンズとともに。

そこから放たれた光は妖術によるものであったろう。ぼんのくぼから喉を貫かれ、Dはのけぞった。

よろめくその頭上にダナムの影が落ちて来た。凄まじい跳躍の結果であった。

ふり下ろされた右手の刀身をDは受け止めたが、ダナムは跳びのき、右八双の構えでDへと距離を詰めた。

これが「楷梯症」の結果か。Dはさらによろめき、一刀を石の廊下に突き立てて身を支えた。

口腔から鮮血が噴き出し、床を叩いた。

「今度はおれの勝ちだ」

ダナムの顔には、それまでの彼からは想像もつかぬ鬼の笑いが貼りついている。

「とどめだ」

と一刀をふりかぶったのは、一メートル足らずの位置だ。それはDにも十分な距離であった。真紅の口腔から噴き出された塊が、ダナムの面上で炸裂したのである。それはDの血塊であった。勝利者となるはずだった男は盲目に変わった。

ぐおおと呻きながらふり下ろした刃は、執念の力か、正確にDの頭頂を斬り下げた。

左へ跳んだDのそこにはない頭頂を。

その鳩尾のやや上を波のごとく薙いだDの一刀——慣性に従い、そのまま前のめりに倒れたダナムの身体は、その一線から二つに分かれ、ともに床の上に散らばった。

「兄貴！」

駆け寄ろうとするラジュの肩をセイゲンが押さえて止めた。

「おまえは血が昇り過ぎてる。次はおれだ」

と前へ出る。

「待ってました」

天井近くへ舞い上がったタギギが手を叩いた。ふざけているとしか思えないが、セイゲンは

にやりと笑って、片手を上げてみせた。その手が背の二刀を抜くや、ラジュの首すじに叩きつけようとは。

「楷梯症」の効果をそのとびのきに見せて、三メートルも向うに着地したラジュの首筋から、血の噴水が噴き上げた。

「てめえ――セイゲン？」

「おまえたちの知るおれは死んだ。おれに敗れてな」

呆然とするラジュとタギギの長い嘆息が広がった。

「まさか――この偽者が。何をしでかす気だ？」

「無論、おまえたちといたおれの任務を果たす――Dよ、いいな？」

言うなり彼は二本の刀身を交差させた。彼自身も知らぬ十文字の効果は、刃の接触部に浮かび上がる。

Dが両眼を閉じた。

そこへ走り寄るセイゲンの速度は、左手がおお⁉と驚愕したほどの神速であった。対するDは、片手片膝を床についたまま、激しい呼吸と咳を繰り返している。目撃者がいれば、すべてが勝負あったと絶叫するだろう。

だが、セイゲンが一刀をふり下ろす寸前、その首に、飛んできた光る輪がかかったのだ。正確には金の鎖が――否、小さな飾りがそれをペンダントだと告げている。

十文字の刑架から小さな人間をぶら下げた飾りが！

セイゲンは恐怖の叫びとともに、ペンダントを摑んだ。

その指が摑んだ部分から指先まで塵と化し、次の運命に棒立ちになったセイゲンの左胸を、Dの刀身が白々と貫いた。

「やった！」

と無責任に床上でジャンプするタギギの姿は歓喜に包まれている。

灰と化した敵の前で、Dは立ち上がった。

「あと二人だ。来い」

「よっしゃ」

とラジュは傷口を押さえて立ち上がった。セイゲンを慄かせたペンダントは、宝物蔵でタギギが彼に手渡した品だ。セイゲンの攻撃でちぎれたそれを、彼に叩きつけたのは、憎しみによる反射行為であった。何でも良かったのだ。その神秘的な効果に驚いているのは、ラジュ自身であったかも知れない。

しかし、十字架の持つ力もその効果も、すでに彼の記憶から失せていた。

タギギはあららと救いを求めて四方を見廻した。確かにいままではなかった奥のドアが開いた。人影が立っていた。娘と少年が。

第七章　世の終わりの涯（はて）

1

子供たちはどちらも平凡な田舎の娘と男の子であった。

「ミレーユ」

と少女が名乗った。珠（たま）のような声である。

「カナン」

少年の声の方が、何処（どこ）か寂しげだ。

「導いたのは誰じゃ？　ターケルかガーシェンか？」

左手が訊（き）いた。

二人は顔を横にふった。

「——すると」

左手が続けた。意味ありげな口調になってもおかしくないものが、ひどく穏やかだ。

Dが訊いた。

「完成品か？」

「そうよ」

ミレーユが小さくうなずいた。

「何だい、そりゃ？」

ラジュが顔をしかめた。首筋を押さえた手の下から、鮮血がなお激しく噴出している。立っていられるのが不思議だ。

Dはミレーユたちを見たまま、

「あれは何処で見つけた？」

と訊いた。相手はラジュである。灰と化したセイゲンの首のあたりに、黄金のペンダントが光っている。

「おお、この城の宝物蔵でな」

「何故、投げた？」

「決まってる」

ラジュは眉凄まじい笑顔になった。

「おれに刃を向けた罰だ。あとは――おめえを斃すのは、おれだ」

彼は化物ライフルを持ち上げた。この距離なら外しっこない。

だが――それは急速に下傾し、大男は片膝をついて身を支えた。出血多量の効果が表われたのである。

舌打ちを放ってラジュはライフルを持ち上げようとしたが、力は尽きていた。

Dが前へ出た。

「腰抜けめ」

と言った。

天井の飾りに摑まっていたタギギが、へ？と眉を寄せた。それほど冷厳な罵倒だったのである。

「てめえ」

蒼白なラジュの顔に、怒りの血が昇った。唇から怒号が迸った。

化物ライフルが勢いよくDへと上がり、火を噴いた。

火線はDを貫いた。

「やったぜ」

低くつぶやいて、ラジュは前のめりに倒れた。頭が割れている。

頭上を越えて、その背後に着地し、Dは刀身をひとふりして、ラジュの血を飛ばした。

ラジュが仕留めたDは、跳躍した刹那の残像だったのだ。

「感傷的(センチメンタル)な男(ひと)だね」

カナンが抑揚のない声で言った。傷ついた戦鬼は望みを叶えて死んだのだ。

「あと――ひとり」

少年は天井のタギギを見上げた。

「待ってくれ」

まん丸のハンターは慌ててイヤイヤをした。

「ボクはDに敵対しないぞ――んと、とりあえずは」

「早目に片づけておけ」

左手が冷たく言って、Dもタギギを見上げた。

「こら、よせ。短いけど深い付き合いだったじゃないか。こんな形で終わらせるのはよそうよ」

真剣な表情が汗を噴いている。

Dがミレーユを向いた。

「奴は何処にいる？」

「卿(きょう)のこと？　それとも男爵？」

「両方だ」

美少女の肩が落ちた。Dの鬼気に反応しているのである。

「あの方は――もういない」

答えた影へ、視線が集中した。

Dとタギギとブリギットの視線が。カナンへと。

「すべては、ぼくに任された」

「やれやれ惨い真似をする」

左手の嘆息は、全員のものだったかも知れない。

「可能性の芽は若いうちに――鉄則よ」

ミレーユが言った。カナン以上に冷たい声であった。

Dが走った。

「うお⁉」

まさかこんな子供をと、タギギが呻いたとき、鋼の刀身は細い首を真横に薙いでいた。

首は刀身の痕を朱線に残し、それもすぐに消えた。誰かがそう認める前に、小さな左胸を貫く第二撃。

カナンは微動だにせず、刀身を摑んだ。前へ押すと、それはDごと吹きとび、五メートルの彼方で黒衣は回転し、床に舞い降りた。

「護り鬼ユーゲンの刺青か」

と左手が呻いた。

「彫師の一族は六千年前に処刑されたと聞いたが――生き延びておったらしいの」

「誰かさん以来の成功例だとか」

とカナンは薄く笑った。少年の笑みではなかった。その眉間に小さな人像が浮かんでいた。

「あの方は、何を求めていたのだろう？」

立ち尽すDを見据えながら、少年はつぶやいた。

「この力をどのように使えと言うんだ？　こうかい？」

小さな右手が上がった。

天井から落ちたひとすじの光がDの全身を白く染めた。

この瞬間、夕暮れと黎明は一致した。

「ダンピールは夜と昼を生きる唯一の存在だ」

カナンは淡々と言った。

「その意味では貴族も及ばない。だが、陽光にさらされると身動きも出来なくなる。さらに――」

Dの全身を水しぶきが彩った。それも天井から土砂降りが襲ったのである。光と水の奔騰に、Dは動けなかった。

「貴族の弱い流れ水に対しても同じだ。これでは人間の方がましじゃあないか」

カナンの両眼は、石像のごときDを冷やかに射止めていた。

「意外に早く、決着がつきそうね」

ミレーユの言葉には、異界の歓びが溢(あふ)れていた。殺戮(さつりく)への歓びが。

「彼はここへ招かれたとき、すでに可能性への処置を受けていたの。村へ戻されたのは、この日のための雌伏(しふく)よ。待っていたわ、D――あなたを」

「奴は何故、消えた？」

Dの唇が動いた。膠(にかわ)が貼りついたような重い動きであった。

「もう、用はない、と言って。結末がわかったのね」

「ふむふむ」

と左手が、こちらも重々しい口調で言った。

「それは正解かも知れんな」

「それじゃあ――片をつけよう」

とカナンが指を鳴らした。

「天下に名高い貴族ハンターを、このぼくがこの手で始末することになるとは思わなかった。最初にこの身体の変化を知ったときは、あの方を呪い抜いた。だが、いまとなっては――ぼくはあの方に感謝する」

カナンの表情には、人間が浮かべられるはずのない傲慢さと自負がかがやいていた。

Dを捉(とら)えた光が不意に消えた。

カナンが、あっ⁉と叫んだのは、続いて落ちた闇が、彼の力すら凌ぐ証左であった。

それきり、闇は退かなかった。残された者たちには、別の用があったのかも知れなかった。

Dは墓所にいた。

一瞬の空間移動による効果だとわかってはいたが、その担い手が誰かは彼にも不明だった。

古風を望む貴族にふさわしく、こゝも古い石の楔と円柱が、途方もない重さの天井を支えていた。

左方の壇の上に石の柩が横たわっていた。その側面に彫られた紋章を、彼は読み解いた。

「ガーシェン男爵か」

低く放った声が耳に届く距離ではない。しかし、

「無事で何よりだ」

と柩が返した。ともに聞こえる音量ではない。しかし、二人には十分であった。

「戻せ」

とDは言った。

「Dとは――忘恩の徒か」

柩は生き生きと笑った。

「ここに連れ拐わなければ、おまえはあの小僧に斃されていたぞ」

「先の見えん貴族じゃの」

嗄れ声が、これもまた笑った。

「こ奴があの餓鬼を始末できたかはともかく、おまえを斃すにはこれ以上ない状況じゃ。わからんか？」

「話を聞くくらいは出来るか？」

柩の声に焦りはない。

「よかろう」

Dは応じた。

「私はこの地にこの城を築き、ある実験を試みた。それは新しい支配者を作り出すものだった」

「やれやれ、飽きん連中じゃ」

嗄れ声が病み疲れた風に言った。

「だが、支配者というのは珍しい。何を支配する？　ま、わからんではないが」

「宇宙――と言っては月並みかな」

「猿人、原人、旧人類、現世人類――そして、貴族もその中に加わるか。〈ご神祖〉に罰せられるぞい」

「奴も心の奥底では、同じ望みを抱いていたはずだ。私にはわかる」

「ほお」

「最も優れた者の最終到達点は支配者だ。となれば、支配するものは宇宙しかあるまい」

「奴がそう言ったか？」

とDが訊いた。

「私にはわかる、と言ったはずだ。私は彼奴の意を汲んで、その実現に挺身することを決めたのだ」

「そして、城を破壊された」

とDは言った。

「おまえは奴の望みを叶えようとしたのではない。自らの目的のために、都合よくねじ曲げたのだ。そして、奴はそれを許さなかった」

「それはおまえの解釈だ」

ガーシェンの声に歪みが生じた。

「この城の築城は奴の許可を得たか？」

とD。

「………」

「おまえはすべてを奴に内緒で進めた。奴による破壊はその結果だ」

「哀しい誤解だ。私の指摘はわずかながら、彼奴の痛いところを突いてしまったとみえる」

闇が急に深くなった。

「だが、肝心な部分は残った。私の防禦機構は、あの方も破れなかったのだ」

「そして、ターケルが来た」

「そのとおりだ。しかし、彼は――」

声が途切れた。

「来るぞ」

と左手が低く言った。

「ターケルか？」

「………」

左手の沈黙が異様なことだと、Dは心得ていた。

「――奴か？」

と訊いた

「――あの子か？」

ガーシェンが訊いた。

返事はない。代わりに、

「カナンはおまえがこしらえたものか？」

と嗄れ声。

「違う――」

「違う？」

「おまえたちが言うのは、カナンという名の子供のことか？」

「そうじゃ」

「なら――違う」

「では、あの子はターケル卿が作ったものか？　しかし、彼は――」

「ターケルは私の遺したものを塵と化すためにやって来たが、しくじった。青二才にこのガーシェンの遺産をどうこう出来るはずがなかった」

「いまはどうじゃ？」

左手である。

「変わらぬよ」

「では――そこにいるのはどうじゃ？」

Dが右方を向いた。影が風を動かした。

遙か前方から、白い光が潰乱しつつ押し寄せて来た。

淡いのみが救いであった。広大な墓所は白く染まった。男爵の声はもうしなかった。

光の中に小さな影が浮かんだ。

カナン。

「ミレーユはどうした？」

とDが訊いた。

「何処かに」

少年は答えた。

遙かな距離を隔てた異形の者たちの会話であった。

「ブリギットは？」

「同じく」

「おまえをここへ送った者は誰だ？　いや、おまえを作り出したものは？」

少年は答えず、

「まず、ガーシェンから処分するよ」

白い光がその顔を能面のように見せていた。

カナンの前方一メートルほどで、天井からひとすじの光が床とつながった。さらにひとすじ真横に。

カナンは構わず進んだ。

光は彼の身体を十文字に断った。そして、この小さな獲物は、どうして泣かないのかと訝しんだ。

カナンの身体は、四つに分かれ、床へ転がる前に復元した。

2

それから――五〇メートルを前進する間に、光の刃はカナンを数千の破片に分解し、そのたびに徒労を味わう羽目になった。

柩を置いた壇の前で足を止めたとき、少年はDの方を向いて笑った。

無邪気な笑顔だが、人間のものではない。この土地から村へ戻ったとき、彼は別のものだったのだ。

「カナン」

柩が呼びかけた。

「とうとうこの日が来たか――おまえを手放すのではなかったな」

「ガーシェン様。何故、そうしたのです？」

「私ではない」

「じゃあ、誰が？」

「わからんのか？」

わずかに沈黙が落ちてから、

「いいえ」

「私はおまえに宇宙(そら)を統(す)べる可能性を見た。そして、手を加えた。真紅と闇色の科学を駆使してな。だが、完成の寸前、おまえは私の手を離れた」

「どうして、手放したの？」

「私にもわからぬ。ある晩、研究室に行ったら、おまえは消えていた。誰かに導かれたようにな」

「次はあなたが消える」

「承知の上だ。だが、只では済まぬぞ」

少年は笑みで応じた。

Dの方を向いて、

「手出しは無用」

と言った。

Dは三歩後じさった。

「ありがとう」

カナンの声は柩の上方からした。

ワン・ジャンプで舞い上がった身体は、石棺の上に降りた。

蓋(ふた)の上には剣を抱いた貴族の姿が彫られていた。

恐らくは、その像ごと内部のガーシェン男爵の心臓も貫く自信があったのだろう。思い切り引いた右手の五指は、刃のように揃えられていた。

それが突き出された瞬間、剣の先は少年の背中から生えていた。

がっと吐いた息と血潮は、彫刻の顔に末期を祝う花びらのように降り注いだ。

「これも防禦機構のひとつでな」

石の顔は、嘲笑う男爵の素顔に変わっていた。

「奴の放った暗殺者どももこれを突破することは出来なかった。城は破壊されたが、私の宇宙は生き残った。今回もだ。おお、熱い血だ。それは、どんな存在に変わっても変わらん」

顔は舌舐めずりをした。口の周りの血は拭われた。

彫像が上体を起こしていった。それにつれて、剣は持ち上がり、カナンも空中の生贄と化した。血潮はなおも降りかかり、少年の苦鳴に、彫像は哄笑を続けた。

Dの左手が呆れたように、

「これは――やるのお。ひょっとしたら、おまえを凌ぐぞ。いまのうちに処分しておいたらどうじゃ？　向うはあの小僧にかかり切りになっておる」

返事のつもりだったとしたら、Dは奇妙な行動を取った。身を沈めたのである。

その頭上を通過したものは、女の長い髪の毛であった。

光の果てにもうひとつの影が佇んでいた。ミレーユであった。最初に頭のひとふりでミレーユが放った数十本の髪は、外しようもなく、仁王立ちのガーシェン男爵の上半身を貫いた。それはたやすく石像を貫通したのである。

ガーシェン男爵は片手でそれをまとめて摑み、引き抜いた。

「おかしな武器——これも奴の手になるものか。だが——」

像は沈黙した。

両眼から赤いすじが流れはじめたのだ。額からも喉からも胸からも——髪の毛が生じさせた流血は、ガーシェン男爵自身が真紅の髪の主のように見せていた。

「もうひとり——いたか」

カナンが地上に落ちた。抜け落ちたのではない。剣とそれを支える腕が肩から分離したのである。

赤い筋が地図上の川のように頭部と胴と四肢とを駆け巡り、石の像は血の塊と化して弾けとんだ。

「これは——子供が貴族を斃したのか。頭が上がらんの」

Dはカナンを見つめていた。

光が輝きを増していく。その中で少年は立ち上がった。シャツの繊維が絡み合い、胸の刺し傷もそれに合わせて消えた。

光と闇と——共に生きる者が、闇の住人を征したのか。彼はDに笑顔を見せた。

「大したものじゃ」

と左手が言った。そして、こうつけ加えた。

「女と組んで一人前か」

「何とでも」

カナンは笑顔を崩さず告げた。

「彼女はぼくのサポート役です。いつもは黙って見ています」

「そりゃよかった――ほりゃ、どんなに優れたサポート役か知らんが、まだ終わっとらんぞ」

嗄れ声に、石のきしみ音が重なった。

柩の蓋がずれていく。

カナンが、きっと壇上を睨んだ。


地下室への階段をしなやかな影がひっそりと下りていく。

十段ほど下りてから、後方に続くまん丸い人影をふり向いた。タギギである。下りていく人影はブリギットであった。

「何処へ行くのだ？」

「来ればわかるわ。文句があるなら、さようなら」

切り捨てるような口調であった。

そもそも、戦闘中にDが消え、カナンとミレーユもいなくなった。自分とこの田舎娘だけが残され、さてどうしたものかと思案していたら、娘が歩き出したので、ついて来た。他に当てはない。

「うるさい。行くぞ。Dと会うまでは一緒だ」

「Dと会ってどうするの？」

「兄貴たちの仇を討つ」

「相手が悪すぎない？」

ブリギットは容赦のないところを口にした。

「うるさい。小娘に何がわかる？　おまえこそ目的があるのか？」

「私はもう終わっているわ。後は自分の始末をつけるだけよ。ああ、鬱陶しい。何処かへ行っちゃいなさいよ」

「やだね。地獄の底でもくっついていってやる。いまのボクの身体は、Dの剣だって撥ね返しちまえるんだ」

「悪い冗談ね」

階段を下り切ると、ブリギットは廊下を歩き出した。遙か頭上の窓から洩れる光が霧雨のように降って来る中を、ブリギットはやがて、ある部屋へタギギを導いた。

異様に重々しい空気の垂れこめた荘厳な空間に入るなり、

「ターケル卿の部屋か？」

タギギが押し殺した声で訊いた。

「仰せのとおり」

とブリギットは応じた。声だけだ。姿は闇に溶けていた。

「おまえは何者だ？」

「案内役。Dも連れて来たわ」

「奴は何処だ？」

返事はない。

タギギは一歩進んで、佇む娘の腕を取った。

わずかな重みも伝えず、ブリギットと名乗る少女は崩れ落ちた。巻き上がる塵埃から身を退いて、タギギは、ありゃりゃとつぶやいた。

四方を見廻し、

「ターケル卿は何処にいる？　そもそもの標的じゃないが、どうせ貴族だ。始末したって文句を言う奴はいないぞ」

「そのとおりだ」

いきなり返事があった。それがひどく近くから聞こえたものだから、タギギはわっと数メートルも跳躍して離れた。するとまたすぐ近くで、

「よいところへ来た。おまえには新しい役目を与えよう」

「うわわ」

ぽーんと弾んで着地すると、そのたびに、

「ターケル卿とDを」

「抹殺せよ」

「おまえには、力を与えてやる」

意味は通じるが、薄気味悪いことこの上ない。

「力なんか要らない。ボクは今の自分だけで、Dを斃してやる。ターケルもだ。ついでにおまえもな」

「それは運命に従おう」

近くの声は笑った。

「出て来い。何処にいる？」

タギギの絶叫に応じたのは、彼方にさしこんだ一条の光だった。その中に——

「あーっ⁉」

タギギはまん丸い悲鳴を放った。


本来あり得ない事象をDは見つめていた。カナンとミレーユも含まれている。

日中は貴族の擬似死時間である。パワーの差によるが、大概の貴族たちは柩の中で眠りにつく。眼醒めている場合も身動きは不可能だ。睡眠中の楔打ち――これだけは万古不変の貴族の斃し方であり、貴族最大の弱点なのであった。

これを回避するために、貴族たちも様々な手を打つ。ある意味人間と貴族の歴史とは、夕暮れから夜明けまでの静謐な死闘のそれといえるかも知れない。

柩の蓋が落ちるまで、カナンは待った。床の轟きが終わる前に、柩の内部から黒い影が立ち上がった。

「幻よ」

ミレーユがささやいた。

影は束の間、人の形を取ったが、すぐに輪郭を失い、黒い網のように、室内に広がった。

「おまえは何者だ？」

ミレーユの耳もとで、誰かがそう尋ねた。ガーシェンの声に似ていた。それでも数秒の後に、

「私は――」

答えようとして、娘は口ごもった。答えは得られなかったのだ。

「私はミレーユ――下の村の娘よ」

「名前はどうでもいい。おまえはどのような存在なのか聞かせてもらおう」

「ご存じのはずよ。彼のことも」

カナンの意味である。

「ああ。承知しておるとも。その子を変えたのはターケル卿だ。だが、おまえは――」

ひと呼吸置いて

「失敗作だった」

Dの眼の奥に誰も知らない光が点った。

「――だから、いま私の前におる」

「だが、卿は谷底へ捨てたわ。このままの姿で」

「助けてもらったのよ。誰にと言わなくてもわかるでしょう」

「私は奴の遠大な計画と目的のために寄与したつもりだが、理解はされなかったようだ」

声がわずかに沈んだ。

「カナンはわかる。だが、何故、おまえまでが――」

「可能性でしょ、きっと」

ミレーユは、聞く者が血の凍えを感じるような声で言った。

「誰かが私の内部にそれを見たのよ。でも、可能性とその実現は別。私がどうなるかは、誰にもわからないわ。助けて下すったお方にも」

「何故、奴はターケルが作り出した二人に、ターケル自身を狙うように命じたのか？　宇宙の征服はともかく、新しい生命の創造は、奴の意にも適っていたはずだ」

「何処かが気に入らなかったんだ」

カナンであった。

「分に沿わない野望とそのためのぼくたちの創造――あなたもターケル卿も最初で間違っていたんだよ」

「なら、おまえたちもそうだ。ターケルは何故、生かしておくのか」

「さあてね」

カナンは細い肩をすくめた。

「とにかく、ぼくたちはターケル卿に作られ、いまあなたを滅ぼす命を受けた。とりあえず従うとしよう」

Dの方をちらりと見て、

「邪魔はしないでおくれ」

「承知した」

と嗄れ声。

突然、闇が凝縮した。

凄(すさ)まじい圧搾(あっさく)がDの全身をきしませた。

「重力場による空間の閉鎖じゃ。ディラックの海に埋没するぞ」

カナンとミレーユの気配が、ふっと消えた。

「何故、おれを残した？」

とDが闇の中で訊いた。

「彼らは私の作品が辿り着いた果てでもある。本来はタークルの造り出したものにせよ、水素原子を生み出す海に永劫に封じこめたのは、破壊を免れる唯一の賭けだ。そして、おまえには見せたいものがある」

「アホな夢のことかの？」

嗄れ声への返礼は、Dの周囲を取り巻く光景であった。

荒涼たる星の上に彼はいた。頭上にかがやく光が照らし出す地上には、おびただしい白骨が転がり、何処までも広がっていた。

「星の終焉（しゅうえん）が、新星（ノヴァ）の爆発による熱消滅というのは虚説よ。エネルギーを失った星は、その核まで凍りついて生命を止めるのだ。それこそが、生命の終わりにふさわしい」

「だからどうした？」

Dが訊いた。

「おまえは幻の中にいるのではない。それは現実に、一億光年の彼方に展開中の終末の姿だ。おまえの血は凍えておろう。おまえの骨は紙のごとく脆（もろ）くなっておろう」

ガーシェン男爵の声は、いまや天の彼方から降って来た。それは神の声を思わせた。誰かがそうなろうとしたのだ。ガーシェン男爵か、あの方とやらか。

3

不思議な感覚がDを捉えていた。

無だ。

あらゆる感覚が喪われた感覚。

それが死か。

そう考えたかどうかはわからない。滅びとは、彼にとって最も身近で最も遠い感覚であった。彼方の星のかがやきが、彼の立つ場の凄愴さをひときわ深めていた。

足下の白骨は、この星の生物たちのものか。

「尋常な環境でおまえを滅ぼすのは至難の業と見た。だが、ここならば別だ。Dよ、聞け。宇宙の主人は誰がなるべきか。人間か？　否だ。黄昏の星々の住人どもか？　否だ。宇宙にふさわしい存在とは貴族のことよ。酸素がなくとも、極寒の地でも灼熱の太陽の下でも、機械仕掛けの柩の中で平然と動き廻られる。これほど宇宙の覇者にふさわしい存在があるかね？」

「一理あるのお」

左手の声は笑いを含んでいた。

「それがおまえの目的であったか。だが、最大の理解者はそれを是としなかった。それは何故じゃ？」

返事はなかった。暗黒と星々だけが世界であった。

やがて、

「奴は、私に中止を命じた。その真意はいまもわからぬ。私は命令を無視し、自分の目的を果たそうと務めた——ただそれだけだ」

「神さまの考えなど、下々の者にはわからん。たとえ貴族であってもな」

「かも知れんな」

疲れたようなガーシェン男爵の声であった。それは頭上に散らばる孤独な星々のせいかも知れなかった。宇宙の涯——そのさらに遙かな涯へと向かうために、彼は新しい貴族を創造し、大いなる存在に拒否されたのだった。

「ターケル卿の勝ちかの？」

「否だ！」

返事が叫びと化したのは、左手の嘲りを看破したせいか。

「ターケルは奴の意思によって、私の神聖なる行動を妨害しに来ただけだ。崇高な目的意識などありはしない。だからこそ、私の達成を邪魔することは出来なかったのだ。奴さえも最終的なとどめを刺せなかった。私の目的は成し遂げられたのだ」

「違う」

それはDの声であった。彼は立ち上がっていた。背すじには鋼が通り、眼は真紅に燃えていた。

「――何がだ⁉」

男爵の声は激しく揺れた。

「おまえのこしらえたものは、おまえを狙っている。おまえが嘲けり反逆した何者かの命によって」

「おまえは、ここに残す」

ガーシェンの声は寒々と言った。

「この星は、住民同士の争いによって滅び去った。それがどんな奴らだったのかは、じきにわかる。星ひとつ分の甦った生命と何処まで闘れるか試してみるがいい。どれほどの力か――次は死体の確認に来てやろう」

声は消えた。それを発する主も遠く去ったことをDは理解した。

「さてと」

左手が面倒臭そうに言った。

「次に奴が来るまでに、結果は出しておかんとな」

Dの足下で何かが動いた。白骨の頭部であった。それを踏みつぶしたDの眼の中で、遥か地平まで広がる地面が震え出すのが見えた。

骨だ。

ぎごちない動きに支えられて、立ち上がっていく。

異様に肥大した頭と胸部、それを支える下半身はひどく脆弱（ぜいじゃく）に見えた。右手に円筒をぶら下げている。

それがこちらへ向けられ、青い光を放つ寸前――Dは跳躍した。数十条の光が後を追う。信じられない動きでDはそれをすべて躱（かわ）した。着地と同時に、眼前の白骨の頭部を二つにし、武器を奪い取るや、周囲の白骨群に振った。

腰のあたりで分断された骨が次々に地上へ落ちて、もとどおりの地表を形成していく。無色無音の力場砲（FFガン）であった。

光がDへと走った。

黒衣の姿は、地を這（は）うように走った。

前方には、白い地面が広がっていた。地の果てまで埋め尽す白骨の軍勢であった。

Dの消えた室内で、立ち尽していると、

「どうする？」

とカナンが訊いた。

「二人の行ったところまで追い続けるしかないでしょう」

ミレーユは答えた。

「それなら、わかるぞ」

カナンは眼を閉じた。その白い貌からたちまち汗が滲み出し、全身を覆った。凄まじい苦悩が顔を埋めた。全身全霊を挙げてDの行く先を捜しているのだ。それを眺めるミレーユは、同情や心配の色ひとつない冷厳な表情を向けていた。

その愛らしい唇から、

「あら」

と洩れた。カナンの全身は衣類ごと玻璃のように透きとおっていた。凄まじい精神統一の結果だと、同じ超人類ともいうべき少女にはわかったものか、急に形と色彩を取り戻したカナンがぶっ倒れるや、素早く駆け寄った。

仰向けの少年は、にっと笑った。

「一億光年先——名もない星座の一惑星だ。よく個人の力で搬送できたものさ」

「Dは戻れそう？」

「無理だろう。G出力クラスのテレポーターがあれば別だが、個人では不可能だ」

「〈辺境〉一のハンターが、永遠に島流し？　おかしな話ね。男爵は帰れたの？」

「当人は最初から移動していない。精神を飛ばしただけだ。本体はここにいる」

「では、そっちを先に」

「先にね」

カナンはうなずいたが、汗は退かなかった。

「休みが必要のようね」

「そ」

ミレーユは一歩下がった。

「なら、ずうっと休んでいたらいいわ」

カナンの眼が光った。それよりも凄まじい光を放つ眼で、ミレーユは彼を見下ろした。

「私たち、多分、気が合わないわよね」

「おい」

上体を起こしかけたカナンの胸を黒いすじが貫いた。楔のごとく。

「こ——これは？」

苦鳴の問いに
「私の髪の毛よ」

とミレーユは言った。

カナンの耳には届かなかったかも知れない。少年の身体はすでに塵と化していた。

髪の毛を撥ね上げ、

「——Dって素敵だと思わない？」

恐るべき少女は、少年の形を留めた塵に話しかけた。

「必ずこの地へ戻すわ。そして、私たちは力を合わせて、この星と宇宙を支配するの」

見てくれは愛らしい娘だ。場違いの言葉を吐いている。だが、その言葉の意味を笑う者はいまい。

「邪魔者は片づけたわ」

ミレーユはスカートを持ち上げて、裾の塵を払った。

「残るは二人――ターケル卿とガーシェン男爵」

身を翻して奥のドアへと向かう姿が消えると、床の塵に変化が生じた。何やら赤いものが滲み出して来たのである。

血だ。

それは塵を呑みこみ、混じり合い、ある形を整えていった――人間を。

ミレーユは進化を遂げていたに違いない。一分とかけずに、その姿は果ても見えぬ広場にあった。

「ガーシェン男爵の寝室――まあ、土地の無駄使いよね」

頭上を見上げた。遙か彼方を横切り、区切る石の柱や梁を、少女の眼は見ることが出来た。

「ちょっと、出てらっしゃいな、男爵。とっても可愛らしいお客さまよ」

髪の毛が網のように広がるや、一気に上空へと走った。

人間の眼には不可視の空中で何が起こったか、何やら灰色の渦のようなものが、天井一杯に広がった。

それも一秒——ぱあっと戻った髪の毛を追って、数トンもある石の柱が、天井が、ミレーユの周囲に崩落して来たのである。凄まじいのは、数十トン、数百トンの直撃を受けながら、広場の空気は微動もしなかったことだろう。加速度プラス質量——各々数万トンの衝撃は、何事もなく吸収されてしまったのだ。

「大した塒(ねぐら)ね。さっすがー」

と破顔したミレーユの首を光が一閃(いっせん)した。

斬りとばされた首をミレーユの両手が摑み、もとの位置に戻した。

眼を二、三度ぱちくりさせて、少女はいつもの笑みを見せた。

「出てらっしゃい、ポチャ男(お)くん」

「言ったなあ」

ミレーユの前方——五メートルほどの床の上に、確かに丸っこい形が舞い降りた。

タギギであった。彼は一度、変化を遂げている。だが、ミレーユを舐(な)め上げるような眼差しは冷酷を超えた冷厳な光を放ち、笑み崩れた唇の間からは、白い牙(きば)が覗(のぞ)いている。

「あなたの進化はタールケル卿？　それともガーシェン男爵の仕業？」

「当ててみろ」

低い――別人のような声が床を這って来た。

「あーあ、何となく、あんたのこと気に入ってたのになあ」

ミレーユは宙を仰いで嘆息した。

「でも、あの二人の小間使いになったんじゃ、それなりの扱いをするしかないな。バイバイ」

軽く首をふると、黒い波が丸っこい身体の頭上へ押し寄せ、そこから垂直に落ちた。波は幅広の刃（やいば）に変わって、頭頂から股間までを裂いてのけたのだ。

「どう？」

と声をかけると、

「イケるねえ」

二つに裂けた身体は、ゆっくりと左右に倒れた。

「だがな――よいしょ」

身体は跳ね戻り、ひとつに合わさった。

両腕を軽く廻して、

「これでオッケー――なかなかやるだろ？」

「誰に習ったの？」

「私だ」

屈強な影が、タギギの右側に生じた。

「あらあ、ターケル卿。お久しぶりでーす」

「おまえはもともとわしが作ったものだ。それがいま、ガーシェンの配下に成り下がったか」

「とんでもないわよ」

ミレーユは激しくかぶりをふった。

「私はもう、どっちのものでもないわ。強いていえば――敵」

「そして、わたしたちの――いいや、あの方の野望を継ぐか」

「そうなるのかしらね」

「そうはさせん。おまえたちは貴族ではない。作り出された亜種――いわばミュータントだ、それも狂っておる」

「だったらどうするつもり?」

「処断する。いまここで。それがあの方の望みでもあるだろう」

「あーら。自分が指示を出して作った成功例の成し遂げるところを見たくないってわけ?」

「わたしはガーシェンの遺物を破壊した。だが、おまえたちは残った。奴も後悔しておろう」

「勝手なことを」

ミレーユのこめかみあたりで、小さく風を切る音が続いた。

鋼鉄の針と化した髪の毛は、ターケル卿の眉間と心臓を貫いた。

「かなり効くぞ」

こう言って、ターケル卿は二本の髪の毛を払い落とした。

ミレーユの表情が変わった。娘は息と牙を吐いた。

「私はあなたとガーシェン男爵の手で変わった。これはどっちがくっつけた能力？」

一本の髪の毛をつまみ、ミレーユはそれを頭上に弾いた。

結果が出るまでの三秒間を、ターケル卿とタギギは待つ余裕があった。

天空から落下した塊の正体が隕石と判別できたかどうかはわからない。小惑星帯からひとすじの髪の毛が導いたそれは、三人を吹きとばす前に、広場を灼熱の原子に変えた。

何もかも灼熱の渦に溶け、四散した空間で、

「わしではないな」

ターケル卿の声がした。

「タギギ――あの小娘を始末せい」

「はっ」

丸っこい返事も灼熱の渦の中であった。

ミレーユは回廊を辿っていた。傷ひとつない。眉が寄っている。

「聞こえる？」

それは数回目の問いであった。

答えがあったのか、

「あと一分待つわ。それを過ぎたら、すべて破壊します」

その背後で火球がふくれ上がった。

何もかもが消滅した。

「三〇秒に変えたわ」

ミレーユは愉(たの)しげに言った。

前方の階段を下りて、黒いドアの前に立った。

見上げるような鋼の壁であった。

片手を上げて押した。扉は向う側に倒れた。

足を踏み入れた一室には、異様な機械が並んでいた。どれも作動中だ。

「あと一〇秒」

4

ターケル卿の身体は、廃墟(はいきょ)の地下墓所で眠り続けていた。

そこへ、ひとつの影が出現したのである。

ガーシェン男爵であった。

「無防備が過ぎるな、ターケル卿」

ガーシェンは墓に近づき、石棺の蓋に手をかけ、寸前でとびのいた。手首に深い傷が生じている。彼は右手の槍をひとふりした。傷をつけた相手への威嚇であった。

「番人がいたか」

それが並大抵の相手でないことは、傷が証明している。まず——眼に見えない。

ガーシェン男爵は血のしたたる傷に唇を当てた。天井へ向けて唇を尖らせると、ひとすじの朱線が途中で霧のように広がった。

「おっ⁉」

とびのいた胸もとは横一文字に切り裂かれている。間髪入れぬ攻撃の気配を感じ、ガーシェン男爵は身構えた。

だが——見えた。

五メートルほど前方から右へ廻りこもうとする朱色の影が。

音もなく槍が飛び、地上二メートルほどの空間で停止すると、大きく弧を描いて、何かが倒れる音とともに停止した。すぐに床に落ちたのは、刺された対象が消滅したせいであった。

ひと息吐いて、ガーシェン男爵は胸もとに手を当てた。

「傷が消えぬ」

つぶやきは絶望を意味した。

そのとき、ターケル卿の柩の蓋がずれるのが見えた。

内部から立ち上がった人影に、男爵は床の槍を拾うなり投げた。

人影——ターケル卿の右手がそれを刺さる寸前で受け止めた。槍が消えた。

男爵が呻いた。槍は彼の鳩尾を貫いていたのである。受け止めるや投げ返した——その技が神速を有していたことは明らかだ。だが、狙いまでは精確無比とはいえなかったようだ。

ガーシェン男爵は難なく槍を引き抜いて構えた。

その穂先の前で、ターケル卿が左胸を押さえた。

「時折、身体に戻らねばならぬのが理不尽に思える——決着をつけに来たのですか、男爵よ?」

「いまさらとも思うがな」

「少しお待ち下さい。わたしはその前にあの二人を始末しなければなりません。貴方との一戦はその後に交えよう。放っておけば、あの二人はさらに進化を遂げ、誰の手にも負えなくなる」

「あの御方の手にすら、な」

ターケル卿は胸の手を下ろし、戸口の方を向く前に、ふと、

「——Dはどうしました?」

と訊いた。

「一億光年先におる。二度と現われまい」

卿は納得し、戸口の方へ歩き出した。

すべては破壊の対象になった。ミレーユ自身はそのメカの機能も使い方も知りはしなかった。だが、彼女を動かしているのは、明確な目的意識であった。

「おいおい」

背後から声がかかっても、ミレーユはふり向こうとしなかった。

火を噴き、電磁波をとばし、無残な姿をさらしたメカの姿を、カナンは呆れたように眺めた。

「やっぱり復活したのね」

とミレーユは関心もなさそうに見えた。

カナンは周囲の惨状を見廻し、

「あの人以外は作り直せる代物じゃないぜ。天罰が下るよ」

「これを使って、邪魔されるのは困るのよ。私の計画をね」

「宇宙征服かよ」

「使い古しだと思う？」

「ああ」

カナンは大きくうなずいた。

「けど不変だ。ぼくもそうしたい」

「協力する？」

「やだね。いずれ袂を分かつことになる。支配者は二人いらないのさ」

「そのとおりよ」

ミレーユは微笑した。

その胸もとをひとすじの槍が貫いた。

彼女がふり向く前に、カナンが犯人を認めて、

「ガーシェン男爵」

と言った。

「ターケル卿もいらっしゃるようね」

ミレーユは槍に手も触れずに微笑んだ。奇怪な姿からは想像も出来ぬ無垢な笑顔であった。

「用件はわかっているわ――私たちの滅亡」

「無理だよ。ぼくたちは、とうにあなたたちのレベルを超えている」

「自惚れるな」

男爵が吐き捨てた。

「おまえたちを生み出したのは、我々だ」

「親を超えるのが子の仕事さ」

カナンは薄笑いを浮かべて言った。

「止めても無駄らしいな」

ガーシェン男爵の顔から表情が消えた。

タ―ケル卿が眼を閉じた。

カナンの口と鼻から炎が噴出した。ミレーユも後を追った。苦鳴が舞い上がった。敵は彼らの創造者なのだ。

「どうだ、身の程を知るがいい」

ガーシェン男爵の眼は、のたうつ人型の炎を、その苦しみを愉しむかのように煙り抜いている。

まばたき二つほどで、二人は燃え殻と化した。

それを見下ろし、にんまりと唇を歪めるガーシェン男爵の隣りで、冷たく死を凝視していたタ―ケル卿が、

「いや、甦るぞ」

と言った。

ここでは死者も死者ではいられぬのか。なお炎がくすぶる身体は、すでに輪郭を取り戻し、愛くるしい笑みとともに、貴族たちをねめつけたのである。

ミレーユは髪の毛をひと握り毟り取るや、二人の貴族めがけて投げつけた。

彼らの両眼を喉を心臓を鳩尾を貫いた髪針の数は千を超していたであろう。

無効と知れた攻撃であった。

だが、カナンの両眼が異様な光を放ったのである。

易々と針を抜き取った貴族の力は、奇怪な思念に押されて効果を失った。

二人には大いに不満な最終章であったろう。心臓を貫いた髪の杭(くい)はついに抜けずに、大貴族たちは灰と化した。

「これでお終(しま)い」

カナンの言葉に、

「何だか気の毒ね。私たちの両親なのに」

ミレーユが少しべそをかいた。

「仕方がない。子供の足を引っ張るダメ親は、さっさと退場すべきだよ」

その声音には、内心が露呈しすぎていたかも知れない。

ミレーユは床を蹴って舞い上がった。天井にぶつかり——その中に吸いこまれた。

舌打ちをするカナンの頭上から、光るすじが豪雨のように降りかかった。

まさしく針鼠のごとき姿でよろめくカナンへ、天上からの娘の声が、

「特別の念を込めた髪針よ。絶対に抜けないわ。宇宙をこの手に収めるのは、私よ」

高らかに宣言したのである。

血だるまとなったカナンが、それをどう聞いたか、断末魔ともいえる声で、彼はこう返した。

「貴族の国は多かった……だが……女王はひとりも……いなかったぞ」

見えぬはずの両眼が、真紅の光芒を放った。

あの方と呼ばれる存在は、これに快哉を送っただろうか。

針は四方へ吹きとんだ。そして、天井からかすかな悲鳴が上がり、その余韻を引きつつ、ミレーユが床に叩きつけられたのである。全身はもう一匹の針鼠と化していた。髪針は、先端を上に向けて、待ち構えていたのである。

「決着がついたと、あの二人は喜んでいるかな?」

少年は満面の笑みを見せた。傷ひとつない。しかし、全身は朱に染まっていた。

もはや、身動きも出来ぬミレーユへ、

「この部屋に、唯一残しておいたものがある。それを使って、ボクはあの方が最後に辿り着いた星の彼方へ行こう。一説によれば、あの方はそこで決定的な何かを手に入れて戻った――宇宙を統べる技の奥義をな。ボクもそれを捜しにいくのだ」

切れ切れの――すでに冥府を見てしまった声が異を唱えた。

「駄目よ。それは……私のもの……」

「女はおしゃべりでいけないと、お祖父さんがこぼしていた。さ、口をつぐむがいい」

またも赤く染まりはじめた両眼の下を、光が薙いで通った。カナンの顔は半分が宙に舞い、その髪を摑んでから、彼はふり向いた。

前方を、ぴょんぴょんと丸い形が飛び廻っていた。

「いいや、ボクのものだぞ」

タギギは地上に降り立って、胸をそらせた——が、顔が後ろへ見えなくなっただけである。

「意外な伏兵がいたね」

カナンの顔に残った口が、呆れたように洩らした。上半分は床の上だ。

タギギが堂々たる声で、

「ボクもターケル卿に変えられた。いまは新しい力が漲っている。競争に参加させてもらおう」

確かに別人のように生気溢れる発声だが、いかんせん、見てくれの迫力に乏しい。

「やれやれ——最後で荷厄介なことよ」

カナンは身を屈めて、床の上に手をのばした。

ふり返りもせずに後方へふった。

ミレーユの髪のひとすじは、まん丸い身体の何処かに潜む心臓を鮮やかに貫いた。

「わあ」

とひっくり返っても——本当にそうなったかどうかわからない相手の方を見ようともせず、

カナンは奇怪——というより無残な姿のまま前方へ歩き出した。

そこにある方の作り出した最後の品があるのだろう。

だが、彼の前に立ちふさがったのは、明らかに別の——世にも美しい人型の影であった。三つの唇から、同時に同じ言葉が放たれた。

「D」

すでに右手に一刀を握り、悠然とこちらへ歩み寄るその姿——何たる鬼気を湛えていることか。

カナンが後じさった。それから足を止め、はっきりと怯えた表情で、

「どうやってここへ？」

と訊いた。

「ガーシェンもターケルも滅びた。あの方の最後のメカはまだ作動していない。なのに——どうやって……」

Dが低く言った。いや、返した。

「あいつのこしらえたものか」

それはメカニズムのことか、カナンたちの意味か。そしてDは、どんな力を駆使したものか。

確かなのは、滅びが美しい人の形を取って、少年に近づいて来ることだ。

「うおお」

カナンは腹の底から一声を絞り出した。Dの鬼気を迎え討ったのである。

見事に自由が戻った。

少年は凄まじい念力を解放した。床の顔と眼が真紅にかがやいた。

Dは彼の頭上にいた。頭頂へとふり下ろされた刃は、着地と同時に横に走って、カナンの残りの首を斬りとばしているはずであった。

だが、一刀をふり下ろす前に、美丈夫は空中で姿勢を崩し、着地は片膝をついた。カナンの念力の仕業であった。

「どれほど特別な存在かは知らないが――いまのぼくに勝てるのは、多分、あの方だけだ」

とカナンはのけぞって笑った。純朴な少年の面影は何処にもなかった。それは邪悪な征服者の笑いだった。

止まった。

彼は胸もとを見た。左胸から光る針が突き出ている。

「おまえは……」

身をよじった先に、片手をのばしたミレーユがいた。

「そんな……綺麗な人を……あんたなんかに殺させや……しない」

「よくも――」

そこで怨嗟(えんさ)の声は断たれた。横殴りの閃光が娘の首をつけ根から断ち切ったのである。

舞い上がったそれに、哀しみとも取れる一瞥(いちべつ)を与えてから、Dは地を蹴った。

心臓から背まで抜けた刀身を弾き返す力は、カナンには残っていなかった。

「宇宙を」

そう言って、カナンは灰と化した。宇宙は新たな支配者のひとりを失ったのである。

「こ奴も可能性のひとつだったか」

これは左手のつぶやきであった。

Dは床上のミレーユを見下ろした。灰と化した少女の顔には、奇蹟（きせき）のような笑みが留まっていた。安らかに誇らしげに。

歩き出そうとしたDに、

「ボクも連れていけ」

丸っこい声がかかった。

「生きておったか？」

左手が、これは珍しい明るい口調で言った。

「ふっふっふ。ボクの心臓は右側にあると、言ってなかったか。とにかく無事だけど、歩けない。おんぶを要求する」

「何をぬかす」

左手は喚（わめ）いたが、Dは身を屈めた。

左手を含めて三人が「魔王谷」を出たのは、二〇と数分後のことであった。

チョーダ・ドルセク婆さんが、稼ぎ場所のホテルから家へと戻ったのは、夕暮れを過ぎてからである。

村の道をサイボーグ馬に乗った人影がやって来た。音もなくすれ違ったとき、婆さんの足下に丸い塊が投げ落とされ、むぎゅぎゅぎゅと呻いた。

「手当てを頼む」

馬上の影が言った。

じたばたする丸ぽちゃを見ようともせず、

「ひとりだけかい？」

と婆さんは尋ねた。

旅人帽（トラベラーズハット）がうなずいた。

「おかしな力は抜けている。人間だ。――用心棒にでも雇ってやれ」

サイボーグ馬は歩みを止めていない。その影が闇に呑みこまれるまで見送り、婆さんはそれから、ぎゃあぎゃあ喚く丸ぽちゃの尻を、静かにおしと蹴り上げた。

『D－魔王谷妖闘記』（完）

あとがき

「宝探し」といえば、映画なら『インディ・ジョーンズ』、小説なら誰かさんの『エイリアン・シリーズ』に（勝手に）とどめを刺すと思っちゃったりするのだが、今回の「D」にも出してみた。

現代にも勿論大勢いて、大抵は徒党を組んで、海に潜ったり、地上であちこち探し廻ったりしているらしい。

ルポライター時代、週刊誌の企画で、「現代の宝探し」を取材することとなり、電車に乗って、埼玉かどこかの片田舎までひょこひょこ出かけて行った。

武田信玄か誰か（失念）の埋蔵金を発掘している方だったと思うが、山腹に近いお住いのあちこち（地所である）に穴が幾つも掘られていたのを思い出す。

「かなり近くまで来ています」

と話されていたが、発見したという話は聞かない（ひょっとしたら、見つけてもダンマリを決めこんでいるのかも）。もう五〇年近く前の話だ。

しかし、宝というのは案外と近くに放置されている場合も多いらしく、国道に挟まれたイギリスの空き地で、面白半分に金属探知器のテストをしたところ、ヴァイキングの宝がごっそり出て来たとかTVでやっていたし、ロサンゼルスの海岸地帯では今でも朝昼晩と、探知器で砂浜を往復している人々もいるらしい。

こういうタイプは個人レベルに留まるが、グループを組んでとなると、さあ大変、船をチャーター、水中レーダーや聴音機を積んで、記録に残る――単なる言い伝えも多いらしいが――海域へ出向いて、アクアラングでどぼんと行く。ここで大蛸（おおだこ）や外谷さんでも出てくれば、宝が見つからなくとも超ヒット映画が作れそうである。

現実に、沈没船を発見、品物を引き揚げるところも見たが、金製品くらいが関の山で、財宝といえるほどの規模のガッポリはなかった。

昔、映画で見た、朽ちた神殿内のテーブルに宝石箱や黄金の像がズラリと並んでいて、みな喜んでいると、大蛇がヌーっと――あれがいちばんリアルな宝探し映画であった（誰かタイトルを教えてくれませんか）。近年では『クレヨンしんちゃん』まで参入し、宝探し業界は殷賑（いんしん）を極めているようだ。

その伝でいくと、本作は少々物足りないかも知れない（ゴーント兄弟の目的は別にある）が、面白さでは引けをとらないはずである。

プラスDとの闘いも堪能していただきたい。

ホラー映画ものべつまくなしに製作されているようで、録画に精を出す毎日だが、とんでもないのにぶち当たって驚いた。殺人ピエロが出会った人間全てを片端から虐殺していく『テリファー』。まあ、久方ぶりの本格スプラッター。不快だの痛快だのを通り越して、呆気に取られてしまった。アメリカでは、失神、嘔吐、逃亡する客が続出したらしい。いるんだねえ、まだこういう映画を好む人がいっぱい。その証拠に続篇も作られ——ヒットしたらしい。友成純一氏あたりが大喜びしそうだ。

令和五年　一月某日

『テリファー』を観ながら

菊地秀行

吸血鬼（バンパイア）ハンター42
D－魔王谷妖闘記（まおうだにようとうき）

朝日文庫
ソノラマセレクション

2024年2月28日　第1刷発行

著　者　菊地秀行（きくちひでゆき）

発行者　宇都宮健太朗
発行所　朝日新聞出版
〒104-8011　東京都中央区築地5-3-2
電話　03-5541-8832（編集）
03-5540-7793（販売）
印刷製本　株式会社 光邦

Published in Japan by Asahi Shimbun Publications Inc.
定価はカバーに表示してあります

ISBN978-4-02-265119-8